ALBERT MARIE

RIMES FOLLES

PARIS

AUGUSTE GHIO, ÉDITEUR

PALAIS-ROYAL, 1, 3, 5, 7, GALERIE D'ORLÉANS

1882

CHEZ LE MÊME ÉDITEUR

LES ÉGARÉES, par Albert Marie. 2e édition, 1 beau volume .... 2 fr.

LE LIVRE DES BAISERS, par Victor Billaud, avec une eau-forte et 39 dessins à la plume par Henri Soum, 2e édition. 1 vol. grand in-18 .... 3 fr.

LES CONTES TOURANGEAUX, gais devis, recueillis par un lettré poitevin. 1 vol grand in-18.................. 6 fr.

LES HEURES DE SOLEIL, par J. Bailly. 1 vol. in-12.. 6 fr.

ROMANIA, par Marie Nizet. 1 vol. in-12............ 5 fr.

TYRTÉE, traduction nouvelle, par A. Profilet de Mussy, texte et préface de Klotz, avec gravure à l'eau-forte d'après l'antique, par G. Moret 1 vol. in 12................ 3 fr.

HARDYMILLE, par Jules Franc. 1 vol. in-12........ 3 fr.

MES VERS, par A. Martin. 1 vol. in-12 .... 2 fr. 50

FLEURS DU RÊVE, par Hélène Swarth. 1 vol. in-12. 2 fr.

POÈMES MODERNES, par Marc Bonnefoy. 1 vol. in-12. 3 fr.

DIEU ET PATRIE, poèmes militaires, par Marc Bonnefoy. 1 vol. in-12.................................... 3 fr.

LES TROUVÈRES, par Marque et D. Mon. 1 vol. in-12. 3 fr.

LES CHANTS DU MATIN, par Albert Chateau. 1 vol. in-12.................................... 2 fr. 50

LES HALTES, par André Chanet, nouvelle édition. 1 vol. in-12.................................... 3 fr. 50

LES RÊVERIES, par Albert Huguenin. 1 vol. in-18.. 3 fr.

FLEURS DE SANCY, par E. de Comberousse. 1 vol. in-12 3 fr.

LES ÉCHEVELÉES, par A. Lafitte. 1 vol. in-18..... 1 fr.

NOUVELLE GERBE, par Raoul Bonnery. 1 vol. in-12. 3 fr.

LES MALICES, par Henri Deramond, avec préface de Raoul Lafagette. 1 vol. grand in-18.................. 3 fr. 50

Impie J. BRUNARD, Troyes, rue Urbain IV, 85.

RIMES FOLLES

TROYES, IMP. BRUNARD, RUE URBAIN IV, 85

ALBERT MARIE

RIMES FOLLES

PARIS

AUGUSTE GHIO, ÉDITEUR

PALAIS-ROYAL, 1, 3, 5, 7, GALERIE D'ORLÉANS

1882

CHEZ LE MÊME ÉDITEUR

DU MÊME AUTEUR

LES ÉGARÉES

Poésies

2e édition. Un beau volume elzévisé. — Prix : 2 fr.

MARCEL

MARCEL

Dans ce siècle, rempli de bourgeoise insolence,
De tous les jeunes gens que j'ai vus sous le ciel
Secouer leur jeunesse avec leur indolence,
Certes, par Dieu, le plus étrange était Marcel.

Il restait, à vingt ans, libre de sa personnne
Et de ses actions ; mais plus libre que l'air,
Que l'astre au firmament, que l'oiseau qui chansonne
Quand, pour d'autres climats, il s'envole en hiver.

Le seul maître qu'il eût c'était sa fantaisie.
Il vivait à son aise, et l'avoir paternel
Suffisait largement aux besoins de Marcel.
Il adorait les arts, aimait la poésie,
N'était pas laid garçon, sans trop de vanité,
En somme possédant plus d'une qualité.

Le monde le disait un peu toqué. Peut-être
Eut-il raison. Mais lui n'en laissait rien paraître.
Par le diable, aujourd'hui, les hommes, entre nous,

Traitent bien lestement leurs semblables de fous,
Et pour ne pas tomber dans leurs sottes idées,
Ces épithètes là vous sont vite accordées.

Il fut au plus, — comment dirais-je ? — original ;
Je vous l'accorde au fait, n'y voyant pas grand mal.
Confiant à l'excès, son loyal caractère,
Se refusait à croire aux haines de la terre.
Il dormait son content, avait bon appétit,
Se plaisait à rêver éveillé dans son lit,
Et ne reculait pas de perdre sa journée
Pour suivre un grand duel de mouche et d'araignée.

Il aimait la fumée et partant le tabac,
Estimait le café, prisait fort un cognac
Très vieux, ne dédaignait non plus le vin d'Espagne,
Tout en faisant sauter galamment le Champagne,
Et quand on le sablait, il serait plutôt mort
Que de ne pas remplir son verre jusqu'au bord.

C'était donc comme on voit un joyeux camarade.
Sans cesse ayant vécu par le monde en nomade,
Par la ville et les champs pour chasser ses ennuis,
Il avait vu beaucoup, mais croyait peu de chose,
Se moquant de l'Enfer comme du Paradis.
Il fuyait les palais, estimant qu'une rose
Est plus belle en sa fleur que tous les ornements
Dont notre goût bourgeois couvre les monuments.

Dieu le laissait très froid, et la philosophie
Ne fut guère son fait, je vous le certifie,
Et bien trop positif pour être un grand savant,

Il ne plongea jamais dans le gouffre insondable.
Il se laissait flotter tout comme un grain de sable,
Par un jour de soleil, se laisse aller au vent.

Quant aux femmes, Marcel avait des théories
Qu'il serait malaisé d'imposer au lecteur :
Je les conte en passant, m'excusant de grand cœur
Si, madame, mes vers froissent vos pruderies.

Après un bon diner où le vin tour à tour
De la coupe a versé le désir et l'ivresse,
Mon héros, volontiers, pris d'un semblant d'amour
Songeait qu'il possédait en ville une maîtresse
Que sans crainte on pourrait dans son lit éveiller ;
Et, comme d'un sein nu l'on fait un oreiller,
D'un pied leste, il allait, roulant sa cigarette
Revoir Marguarita, Marguarita-Lurette.

S'il ne croyait en Dieu, Marcel était certain
De rire et de pâmer jusqu'au rouge matin.
Il demandait d'ailleurs aux femmes peu de chose;
Ne tenant guère au cœur, il cherchait le plaisir,
Et pourvu qu'il tombât d'un bouton ferme et rose,
Ou d'un sein arrondi, n'avait d'autre désir.

Pourtant Marguarita la joyeuse était belle.
Dans ses emportements d'une étrange beauté :
Toute flamme et rayon comme la volupté.
Jamais de Don Fernand la jument Isabelle
Ne secoua ses naseaux, jamais coursier rétif
Sous le frein n'a bondi comme cette démonne,

Quand son corps hennissant sous l'éperon lascif,
Se sentant défaillir, à l'amant s'abandonne.

Certe elle avait mordu plus d'un baiser sa lèvre,
Elle avait frissonné plus d'une fois de fièvre
Sa gorge haletante, et son flanc frémissant
Plus d'une nuit était retombé languissant.
Certes ses deux yeux noirs fouillent comme une vrille
Dans les sens bondissants ; son regard qui pétille
De luxure et de joie eut pu faire damner
Un saint du paradis et suffit pour donner
Le vertige au plus fort et transpercer l'armure
D'un rude cavalier ; cependant, je vous jure,
Que l'insensé Marcel n'avait jamais aimé
Cette bouche où son front brûlant s'était pâmé.

Il aimait à la voir pareille à la gazelle
Que le chasseur poursuit, bondir et rebondir,
Et puis docile, ainsi qu'un lévrier fidèle
Haletante et lascive à ses pieds se blottir.

Quand l'aube se levait sur les tours de la ville,
Marcel disait bonjour à sa belle, et, tranquille,
Le chapeau sur l'oreille et sa canne à la main,
Sans laisser un baiser reprenait son chemin.

Ce n'était vraiment pas un amant poétique
Que ce jeune homme étrange et plus encor sceptique ;
Aussi se vantait-il qu'il n'avait dans son cœur
Prise ni pour l'amour, la joie ou la douleur.
Il habitait un corps sans passions, sans fièvre.
Le doute sur le front, l'ironie à la lèvre,

Il allait ricannant, froid, sec et dédaigneux
Des néants de la terre et des grandeurs des cieux.
Lui seul eût pu nous dire, en frappant sa poitrine,
Dans quel moule on avait coulé l'âme de fer,
Quel sein l'avait nourrie en naissant, et quel air
Dans son berceau souffla sur sa tête enfantine.

C'est dans ces sentiments que Marcel, un matin
D'été dernier, ouvrit en baillant sa fenêtre.
L'aube se déchirait en franges de satin,
Et laissait lentement sur l'azur apparaître
Le diadème d'or de son front éternel.
Sur son char constellé, rayonnant dans le ciel,
Le soleil élevait, dans la nue éthérée,
Son cercle étincelant de lumière pourprée.
Ses rayons langoureux, courant sur le gazon,
Réveillaient les oiseaux, blanchissaient l'horizon,
Et sa rouge clarté, mollement déposée
Dans les prés verts, buvait les gouttes de rosée ;
Perles qui s'échappaient des corolles des fleurs,
Tristes larmes d'amour, tombant des nuits en pleurs.
Le rossignol plaintif chantait dans le feuillage,
Les pinsons secouaient leur humide plumage,
Et remplissaient de cris l'air tiède du matin.
Au loin on entendait le son clair, argentin,
Des cloches du village appelant le fidèle
A l'office divin dans la vieille chapelle.

J'ignore quelle idée assiégea son esprit.
Soit dégoût du présent ou tristesse ou folie,
Marcel fut pris soudain d'une mélancolie

Extrême. Il referma la fenêtre et sortit.
Pour la première fois peut-être de sa vie,
Mon héros éprouvait une invincible envie
De se distraire. Il fit d'énormes moulinets,
Abattit six œillets, composa trois sonnets,
Fuma beaucoup, enfin, rebuté de la chasse
Aux papillons, rageant, suant, de guerre lasse,
S'étendit tout son long sur les bords d'un ruisseau.

Il allait s'endormir au murmure de l'eau,
Quand un cri le tira net de sa rêverie.
Il s'élançait déjà, lorsque soudain ses yeux...
Lectrice, ce qu'il vit, si votre pruderie
Ne le défend, je vais le conter de mon mieux ;
Ne tremblez point, surtout ne tournez pas la page,
Madame, je vous jure et promets d'être sage.

J'arrive au fait : Or donc on put voir ce matin
Dans le Guadalquivir, rivière très connue,
Dona Gilda... Madame, elle était toute nue.....
J'en demande pardon, prenant ma belle au bain.

La voilà, telle, toute nue,
Montrant son épaule charnue
Et souple à travers les roseaux,
Qu'une cavale hennissante
Piaffant sous la main caressante,
Qui secoue au vent ses naseaux,
Et de sa croupe frémissante
Vient troubler la face des eaux.

Le bras se recourbe et s'élance

De la taille qui se balance
Comme un rameau pur et vermeil ;
Le charme s'étend et repose
Sur les plis de la lèvre rose
Qui ne se ferme qu'au sommeil,
Et sa fraîcheur à peine éclose
Attend un rayon de soleil.

Sur son corps d'albâtre qui tremble
La volupté cherche et rassemble
Ses trésors les plus éclatants ;
Sur un front qui sourit et brille
Son regard éveillé pétille ;
Les cheveux épars et flottants
Qui s'échappent de la résille
Roulent en bandeaux miroitants.

Comme une coupole mignonne
Sur sa poitrine qui frissonne
Monte et palpite, ferme et rond,
Sous la lèvre qui le caresse,
Un sein d'où coule la tendresse :
Puis deux mamelles qui verront
Plus d'une rage et d'une ivresse
Et feront pâmer plus d'un front.

Le balancement de la hanche,
Pendant qu'elle se baisse ou penche,
Laisse voir un duvet soyeux,
Pareil à la noire cuirasse
D'un svelte guerrier qui passe ;
Et sur le cours tumultueux

De cette toison qui l'enlace
Tombe un regard voluptueux.

L'œil fasciné cherche et soupçonne
Ce bouclier qui l'environne,
Et que la main voudrait saisir,
Sentant que Dieu dans sa puissance,
Voulut abriter l'innocence
Pour mieux éveiller le désir,
Et qu'il faut briser la défense
Avant d'arriver au plaisir.

La chair, sur sa cuisse arrondie,
Prend de ces rougeurs d'incendie
Que l'on voit sur la fin d'un jour ;
Son sein que la chaleur excite
S'élève, s'abaisse et s'agite
Impétueux, et, tour-à-tour,
De tout cet être qui palpite,
Tombe l'espérance et l'amour.

Elle riait quand une mouche,
Qui butinait, — prenant sa bouche
Par mégarde pour une fleur,
Dont la corolle à demi close
S'ouvre à l'abeille qui s'y pose
En rêvant, — soudain, par malheur
S'abattit sur sa lèvre rose
Et la fit pâlir de douleur.

Quand Marcel, écartant de sa main quelques saules,
S'avança pour mieux voir la rougeur des épaules,

Il crût rêver, car tout s'était évanoui.
Faune malicieux, la baigneuse avait fui,
Comme un sylphe qui vient pour s'envoler plus vite.

En vain mon capitan se mit à sa poursuite ;
Mais elle avait passé comme une vision.

Marcel resta longtemps en contemplation,
Ne pouvant presque croire à cette chose étrange ;
La nuit vint ; il reprit son chemin lentement,
Assailli de pensers, convaincu par moment
Qu'il avait vu descendre et s'envoler un ange.

Pensif devant une ombre et rêveur pour deux yeux,
O va ! pauvre insensé, va, triste vaniteux,
Enveloppe aujourd'hui ton passé dans un voile,
Toi qui niais le ciel et qui cherches l'étoile !

Le soir même, Marcel fut chez Marguarita,
Et là, sans nul souci, sans pitié de ses larmes,
— Cette fille l'aimait, — tranquille lui compta
Par avance six mois de loyer de ses charmes,
Congédia ses gens et se mit en devoir,
Le lendemain matin de vendre son avoir.
Le monde n'entendait vraiment goutte à l'affaire,
Les badauds ébahis le laissaient ainsi faire,
Et riaient en dessous. Enfin lorsqu'il eut mis
Bon ordre à tout, Marcel convia ses amis
A dîner. Au dessert, après forces rasades
De champagne et de punch et maintes embrassades,
Il vint leur annoncer que lassé de pâtir
Dans la ville, il était sur le point de partir

De rechef au matin pour un très long voyage.
Ce fut un tolle immense. On l'en blâma beaucoup,
Puis, lui serrant la main, lui souhaitant courage,
Tout chacun le quitta certain qu'il était fou.

Il fut debout au jour. Tout sommeillait encore
Dans la ville paisible, et la naissante aurore
A peine découpait le faîte des maisons.
Son esprit réprima vite quelques frissons
Qui montaient de son cœur, ô malgré lui sans doute ;
Puis, sifflant sa chanson aimée, il prit la route.

Bien au revoir, Marcel que Dieu guide tes pas !
Il tournait le coin quand, sans bruit, une fenêtre
Proche s'était ouverte, et l'on vit apparaître
Une ombre à demi nue. — O tout ne dormait pas !

Est-ce une vision que cette forme étrange
Qui se glisse furtive et se montre en tremblant,
Et qui, d'une main blanche, à tout instant dérange,
Fiévreuse en les froissant, les plis du rideau blanc ?

Ombre ou réalité, quels lieux ou quel rivage
Ont vu s'épanouir cette divine image ?
Ton pied tient-il au monde ou bien ton front si pur
A-t-il pu dérober au ciel bleu son azur,
Et fiancée ou sœur de l'aube printanière,
Comme elle nous viens-tu, fille de la lumière,
Sur l'aile du zéphir qui berce languissant
Les rêves de la nuit sur son front caressant.

C'est une jeune fille, une enfant presqu'encore,
Si belle en sa douleur que son bon ange ignore

Si c'est un pleur qui tremble au coin de ses grands yeux,
Ou perle, s'il la doit reporter dans les cieux!

La nuit mystérieuse et sombre
Qui déjà s'enfuit, de son ombre
Cache encor cette vision
Que les premiers feux de l'aurore
Soudain aux yeux feront éclore
Et changeront en pur rayon.

Déjà sa chevelure blonde
Sous la lumière qui l'inonde
Prend ses reflets d'or au matin,
Et sous le vent qui la caresse,
Flotte, émerveillée une tresse
Que retient un bout de satin.

Son front à qui la candeur donne
Cette pureté qui rayonne
Et cet harmonieux contour
Parait à celui qu'il fascine,
Comme la demeure divine
Où s'épanouit son amour.

Porté sur les ailes du rêve,
Son œil l'impide et clair élève
Un regard qui va, curieux,
Sans qu'il se trouble ou se repose
De l'oiseau qui vole, à la rose
Qui s'ouvre de la terre aux cieux.

Sur cette lèvre qui respire

Sommeille un éternel sourire
D'innocence et de sainteté,
Et, comme à la fleur printanière,
L'aurore donne à sa paupière
Le parfum avec la beauté.

Blanche, la gorge se devine
Sur un cou léger qui dessine
Déjà ses contours enchantés,
Et le corsage qui résiste
Cache, sous des flots de batiste
Bien des naissantes voluptés.

Sous les dentelles qui se plissent
Déjà s'éveillent et s'arrondissent
Dans leur écrin de chair les seins,
Et là, comme deux sœurs jumelles,
S'épanouissent les mamelles
Qui montrent leurs replis divins.

Cet être que le songe habite
Ou s'égare ou se cherche, hésite :
Elle n'est que création ;
Dans sa marche timide et gauche
On devine à peine l'ébauche
De la fleur qui sera rayon.

Plus pure dans son innocence
Que l'aube du jour qui commence,
Pareille à l'oiseau frémissant
Qui chante à l'heure matinale,
Elle ouvre une aile virginale

Pour suivre un zéphir caressant.

La nature en elle s'admire,
L'astre est jaloux de son sourire,
Le chérubin de sa candeur,
Et tout ce qui chante et murmure
Par le ciel bleu, sous la ramure,
Dans la vierge voit une sœur.

Et ses yeux attachés sur la route poudreuse,
La pauvre enfant disait, effeuillant une fleur,
« Adieu donc ! que la vie, ingrat te soit heureuse,
« La nuit sans épouvante et le jour sans douleur.

Puis quand elle le vit au détour disparaître
Derrière les buissons, refermant sa fenêtre,
Pour finir sa prière, elle ajouta tout bas :
« Bien au revoir, Marcel, Dieu veille sur tes pas !

Mon héros au grand air se sentit mieux à l'aise.
A mesure qu'au loin s'enfuyait le clocher ;
Il voyait lentement du cœur se détacher
Cette sombre tristesse et ce secret malaise.
Il allait devant lui ricanant et chantant,
Quand, au bout du chemin, et près de la feuillée,
Il apperçut assise une femme voilée.
Elle se reposait sans doute en l'attendant,
Car elle se leva. Sur sa tunique blanche
Se mourait une rose, et ses doigts de satin,
L'effeuillaient, en rêvant, au zéphir du matin.
Pensive elle portait dans sa main une branche
D'aubépine arrachée au buisson du sentier.

Son front disparaissait sous des fleurs d'églantier ;
Perle égarée, un pleur brillait à sa paupière,
Et ses cheveux dorés par la fauve lumière
Du soleil grandissant, flottaient capricieux,
Laissant aller au vent leurs noirs bandeaux soyeux.

Portant sa main au cœur et son doigt à la bouche,
Elle lui fit un signe adorable et farouche.
Il parut hésiter un moment, puis, confus,
Il revint sur ses pas, mais elle n'était plus.

Il allait s'endormir après un jour de fête
Quand, drapé d'un suaire et tout vêtu de noir,
Un spectre à son chevet en pleurant vint s'asseoir.
Qui le fixa pensif. Mais détournant la tête
Il étendit son bras vers l'horizon lointain,
Puis il sortit rêveur, le mépris sur la bouche.
Quand Marcel à demi se leva sur sa couche,
Il vit monter au ciel l'étoile du matin,

Pour fuir la vision de ce passant étrange,
Dont l'ombre l'assaillait et dont l'œil se levait
Le jour dans le sentier, la nuit à son chevet,
Morne et mystérieux comme un Dieu qui se venge,
Il changea d'horizon, de patrie et de ciel.
Rome, Athènes, Madrid, l'Espagne et l'Italie,
La Grèce, tour-à-tour, apercevaient Marcel
Etaler son dédain et sa mélancolie.
Rome le vit seigneur, Venise gondolier,
Lazarone à Naples, partout aventurier ;
Couvert d'or aujourd'hui, demain d'une livrée,

Tutoyant les marquis, coudoyant les valets,
Baillant aux carrefours, dormant dans les palais ;
Il s'échappait du bal pour finir sa soirée
Etendu sur le banc d'un repaire hideux,
Rajustant sa manchette aux défroques des gueux.

Il vivait de pain noir pendant une semaine,
Mais le septième jour, le voyait au matin,
Haletant sur un dé, jeter sa bourse pleine,
Sur le tapis graisseux d'un tripot clandestin.

Deux fois au moins par mois, il changeait de maîtresse,
Répétant à chacune un éternel serment,
Croyant toujours trouver, dans la nouvelle ivresse,
Le sommeil qu'il cherchait sans l'atteindre un moment.

C'est ainsi que l'on vit, pendant plus d'une année,
Plaqué de son orgueil et de sa vanité,
Cet amant du soleil et de la liberté
Secouer son mépris sur la route étonnée.
Il descendait sinistre, et, comme le destin,
Farouche, les degrés de l'énorme spirale,
Sans pouvoir s'arrêter sur la marche finale,
Recommençant le soir le labeur du matin.

La voyez-vous là-bas, l'église du village
Au clocher poussiéreux, aux murs troués, blanchis
Par la poudre des temps. Un modeste feuillage
Cache la vétusté d'ornements défraîchis.
Et la vierge, accroupie en sa niche de pierre,
Disparaît en été sous un amas de lierre.

Entrons ! Ah, comme tout respire dans ce lieu
Les néants d'ici-bas, l'Eternité de Dieu.
Au bruit sourd et discret de nos pas, les colombes
Qui se nichent autour des crevasses des tombes
S'envolent sur les croix, et ces hôtes des nuits
Remplissent ce silence effrayant de leurs cris.

Le fidèle, à genoux dans la divine enceinte,
Dans son recueillement fait d'extase et de crainte,
La lèvre sur le Christ, l'œil sur le crucifix,
Frappe en psalmodiant son front sur le parvis.
Quelquefois il tressaille à l'heure de l'absoute.
Alors, ses bras levés vers l'éternelle voûte,
Il paraît implorer dans leur béat sommeil
Les chérubins sculptés sur le plafond vermeil,
D'interrompre un instant leur repos séculaire
Et d'étendre sur lui leur aile tutélaire.

Les blonds enfants du chœur, sous leurs doigts innocents
Balancent à genoux la lampe de l'encens,
Et sa blanche vapeur enivrant toutes choses
Monte avec la prière et le parfum des roses.

Comme on les reconnaît bien vite tous ces chants
Dont le souffle a courbé nos enfantines têtes,
Comme on les a choyés, ces cantiques touchants
Que les lèvres trouvaient au cœur les jours de fête !
Avec quelle tendresse aimante, avec quel soin
On se les récitait sur les genoux des mères !
Comme ce temps si court de nous semble si loin.
Que de deuils sont venus engloutir nos chimères,

Que d'espoirs et d'amours se sont changés en pleurs !
Et combien verrons-nous encore de douleurs
Faire saigner notre âme et rougir nos paupières,
Avant de nous coucher, pour toujours terrassés,
Et de nous endormir à l'ombre de ces pierres
Du sommeil éternel des mornes trépassés.

Quel que soit le moment et quelle que soit l'heure,
Fidèle ou mécréant, frappe à cette demeure,
Car on te répondra. Si ton cœur accablé
Gémit sur quelqu'amour envolé, si ton âme
A rugi sous la griffe ou la dent d'une femme,
Entre ! tu sortiras vaillant ou consolé.

Et Marcel entendait, sous la voûte sonore,
Monter ce chant paisible et plus céleste encore ;
Ah ! mais seul son genou ne s'était pas ployé.
Il regardait d'un air de suprême pitié,
Ces rudes paysans, fils de la terre aride,
Pensifs et recueillis dans leur ferveur stupide
Frissonnant au récit des sombres vérités,
Promener en tremblant leurs grands yeux hébétés
Des dalles du parvis au crucifix d'ivoire,
Et suivre en se signant l'hostie et le ciboire.

Il voyait s'allonger derrière le rideau,
Entre une vieille nonne et le jeune pianiste,
Retroussant goguenard ses manches de batiste,
Le profil rubicond et lascif du bedeau.
Un suisse, rouge et jaune, à la mine abêtie,
La hallebarde au poing, gardait la sacristie,

Et d'une marche noble et d'un pas assuré
Arpentait le parvis richement décoré.
Aux premiers bancs du chœur rebondissaient les ventres
Des notables du lieu. Plus loin, les marguilliers,
Au visage anguleux, adossés aux pilliers
De la nef, l'œil vitreux, accompagnaient les chantres,
Et tout en égrenant l'éternel chapelet,
Souriaient, complaisants, à quelques belles dames
Dont la pieuse main tenait des oriflammes,
Pendant que le vicaire, au visage replet,
Mêlant sa voix aux sons d'un rauque ophycléïde,
Aspergeait, onctueux, cette foule candide.

Au temple délaissé le peuple confiant,
Yeux baissés, ne va plus, morne et psalmodiant
Des clous du Golgotha labourer sa poitrine ;
O Christ, nous renions ta parole divine,
Ta voix, ton évangile et ton céleste amour.
Elle est bien morte en nous cette foi si robuste,
Dont le temps a brisé l'éternité d'un jour,
Et nous n'entendrons plus sous l'édifice auguste,
Le fidèle à genoux, contrit et repentant,
Célébrer et ta gloire et ton nom éclatant.
Tes prêtres t'ont cousu de leurs mains un suaire,
Et roulé sur ton front la pierre tumulaire.

Et la lune montra sa silhouette rouge
Au lointain horizon.
Homme, qui que tu sois,
Ecoute ! ne franchis pas le seuil de ce bouge ;
Hérétique ou chrétien, jeune ou vieux, si tu crois

Non pas à Dieu, là-haut, non en quelque chimère,
Plus ou moins bien lavée, ô non ! mais en ta mère,
Ta sœur, à quelquechose enfin de bon, de pur,
De beau, qui vous sourit à travers de l'azur,
Arrête alors, va-t-en !
La nuit, il est une heure,
Une heure épouvantable, où, dans cette demeure,
Tout s'éveille, tout grouille et se lève et bondit.
Des spectres, rajustant leur robe sur leur taille,
Le long des corridors de cet antre maudit,
Etirent leurs bras nus en battant la muraille.
Ils parlent à voix basse avec un grincement
Satanique. Parfois un rauque hurlement,
Comme un cri de damné s'échappe de leur lèvre,
Et leurs mains, s'enlaçant, se tordent dans la fièvre.

Puis on voit, tressaillant sur les sofas usés,
D'étranges visiteurs à l'œil louche, au teint blême,
Au milieu de l'orgie et des verres brisés,
Se lever en sursaut en poussant un blasphème.

Des visages hagards se tendent anxieux :
D'horribles appétits se lisent dans les yeux
De ces corps réveillés. Les dents claquent, les bouches
Se cherchent dans le bruit, livides et farouches ;
La volupté suinte au milieu des éclairs.
Ce sont des craquements affreux d'os et de chairs,
Mêlés aux cris de rage, aux râles des poitrines,
Et comme les naseaux d'un coursier au galop,
D'épouvante on les voit secouer leurs narines.

Puis tout se tait, mourant dans un dernier sanglot.

On entendit soudain sur le pavé sonore
Le pas d'un cavalier, frappant de l'éperon,
Et demander la porte en poussant un juron.

Et Marcel apparut dans la nuit noire encore.

Ecartant son manteau d'un geste audacieux,
Arrogant et superbe il entra dédaigneux.

Un silence se fit dans la foule lascive
Quand au seuil apparut ce sinistre convive.
« Mesdames ! vingt-cinq louis à celle parmi vous,
« Qui s'y connaît le mieux pour amuser les fous, »
Hurla Marcel. Dix voix aussitôt retentirent
Dans la salle enfumée et vingt éclairs jaillirent.
L'une avait été blonde, et sans ses yeux bistrés,
Eut pu tenter encore. Une autre eut été brune,
Si ses cheveux reteints et ses traits étirés,
N'avaient trop accusé mainte et mainte infortune,
Et Marcel passa vite. Une noire à côté
Eut conservé peut-être un reste de beauté,
Si trop de vermillon n'avait sali sa bouche.
Ces masques grimaçaient sous une triple couche
De plâtre et de mastic. Tout cela remuait
Dans la fumée épaisse et hurlait et suait.
On croyait voir surgir de cette horreur ardente,
Un recoin de l'enfer oublié par le Dante.

Marcel se décida pour une pâle enfant
D'Allemagne. Elle allait ôter sa coiffe noire,
En chantant un refrain, quand mon homme, étouffant
Un second baillement, lui dit : « Mais ton histoire

« Est vieille comme Hérode et j'en sais la chanson ;
» Voici bientôt vingt ans qu'elle court par la rue
» Comme ta vertu. » Puis, la laissant toute nue,
Marcel, désappointé, s'en alla sans façon.

« Cinq cents louis ! Qui les tient ? » dit la voix monotone
D'un croupier indolent. « Allons ! Voyons ! Personne? »
Ce fut en vain, l'appel ne trouva point d'écho.
« Allons, messieurs, qui fait dix mille francs ? » « Banco! »
Dit le nouveau convive. Et la bille d'ivoire,
Comme un démon, sauta de la rouge à la noire,
Et du pair à l'impair. « Rien ne va plus ! Gagné ! »
Reprit un vieux croupier. Et chacun étonné,
Vit, pâle, s'avancer, impassible et livide,
Marcel qui remuait, ironique et placide,
Un monceau de billets.

On s'amusait vraiment
Chez la belle Nouva, la brune de Castille,
La perle de Madrid, dont le dernier amant
Venait de se tuer de façon très gentille,
Et propre le jour même, après avoir mangé
Son avoir. « C'est beaucoup, » dit d'un ton dégagé
La Nouva. « Cinq cents louis. Par Dieu, je vous les donne,
» Sur l'heure volontiers, si, ma belle lionne,
» Vous vous sentez à l'âme assez de volupté.
» Pour me faire pâmer par cette nuit d'été. »
« J'en ai vu de plus forts se rouler sur ma couche,
« Râlant dans un baiser et se tordre à ma bouche.
« Et je t'attends au cas où tu n'en croirais rien. »

« Par Saint Jean de Burgos, ma cavale, c'est bien ! »

La Nouva, soulevant d'une main frémissante,
Le lambris ciselé qui masquait son boudoir,
Et couvrant l'étranger de son œil fauve et noir,
Approcha de Marcel sa lèvre caressante.

« Par Dieu, cette soirée est belle, ma diva, »
Dit mon héros, pendant que sur une ottomane,
Il étirait ses bras, en lorgnant la Nouva.
« Je prise tes façons, et foi de Castillane,
« Te proclame mon prince et maître audacieux. »

« Vite alors ! » dit Marcel, d'un ton impérieux.

Dans un capricieux délire,
La robe tombe et se déchire
Sous ses doigts pressés et brûlants.
La main fait craquer le corsage
Qui s'ouvre, pour laisser passage
A deux hôtes étincelants.

Avec un entrain adorable
On fait un massacre effroyable
De dentelles et de velours,
Et dans un dernier cri de joie
La batiste rejoint la soie,
Et le combat dure toujours.

D'une jambe cambrée et fine.
Déjà la ligne se dessine
Sous un bas léger et soyeux,
Et la chemise, seule encore,
Cache, au regard qui les dévore,

Des trésors plus voluptueux.

Mais on voit rouler la folâtre,
De l'épaule blanche d'albâtre
Au sein qui l'arrête en passant ;
En riant elle se balance
Hésite un moment, puis s'élance
Pour baiser le flanc languissant.

Pendant que la belle se penche,
La folle va quitter la hanche,
Et, comme un coursier bondissant,
Part et galoppe sur la cuisse,
Puis, émerveillée, elle glisse,
Et s'enroule au corps frémissant.

« Viens plus près, » dit tout bas une voix de sirène.

« Allons, » reprit Marcel, « ma belle Madrilène,
« Cette nuit est à nous. Par Belzébuth, je veux
« Que tu me fasses voir, Nouva, ce que tu peux. »

Comme une cavale intrépide,
D'un élan superbe et rapide,
Les flancs battant de volupté,
Près de Marcel, sur l'ottomane,
On voit Nouva la Castillane,
S'allonger dans sa nudité.

Et d'une main capricieuse,
La belle enfant toute joyeuse,
Dénouant ses cheveux bouclés,

De sa gorge enivrée et blanche
Les fit rouler jusqu'à la hanche,
En larges bandeaux ondulés.

Ah ! viens plus près, plus près encore,
Respirer ce feu qui dévore
Et brûle mon cœur oppressé,
Que ton front qui brille et rayonne,
Sur mon sein brûlant qui frissonne,
Jusqu'à l'aurore soit bercé.

J'aime, ô mon lion, ta crinière
Superbe et ta parole altière,
Et ton beau geste audacieux,
Et je veux boire cette flamme
Rouge qui monte de ton âme
Et qui s'arrête dans tes yeux.

Dans l'immense extase divine,
Je veux pâmer sur ta poitrine
Où bondit l'éclair du désir,
Colant ma tempe à ton front pâle,
Dans un suprême et dernier râle,
Mourir ! mais mourir de plaisir.

Bondissant, l'écume à la bouche,
Elle allait, ardente et farouche,
Secouant ses seins frémissants,
Et l'on voyait ses flancs se tordre,
Et sa lèvre s'ouvrir et mordre,
Dans des baisers retentissants.

C'était bien toi, volupté sombre
Qui, dans les longs soupirs sans nombre,
Chantais dans leur cœur cette nuit,
Et qui rugissais furieuse
Dans l'étreinte chaude et fiévreuse,
Et dans la langueur qui la suit.

Allons, plus vite, ma gazelle,
Que ta chair si brune étincelle
Aux caresses de ton amant ;
Que ton front, ma biche sauvage,
Retombe dans des cris de rage
Et frappe ton sein écumant.

Que ton œil à mon œil s'embrase
Dans l'effarement de l'extase
De cette brûlante clarté,
Et sur ma bouche qui soupire,
Verse l'ivresse du délire,
Et l'horreur de la volupté.

Elle allait toujours plus rapide,
Et Marcel, sans voix et livide,
Vit s'approcher l'heureux moment,
Un cri, finissant dans un râle,
Un frisson, puis sa tête pâle,
Soudain retomba doucement.

La Castillane avait vraiment tenu parole.
Jamais on n'avait vu course plus chaude et folle
Que le trot furieux de ce rude coursier ;
C'était un corps de feu sur une âme d'acier,

Que cette enfant brunie au soleil de Castille.

« Tu connais ton métier, » dit Marcel à la fille,
« Voici tes cinq cents louis. » Puis, saluant Nouva
Qui n'y comprenait rien, tranquille il se leva.

« Déjà ! » murmura-t-elle. « A peine si l'aurore
« Se montre à l'orient. Reste un instant encore,
« Et mes yeux dans tes yeux, et ta main sur mon cœur
« Laissons-nous remonter aux sources du bonheur.
« Qu'il est bon, n'est-ce pas, de dire que l'on s'aime,
« Quand tout chante et sourit, et que le bien suprême,
« Ce serait de se voir ensemble ainsi partir,
« Dans le bruit d'un baiser, dans l'écho d'un soupir. »

Marcel considéra d'un regard sardonique
La Nouva qui pleurait en lui tendant ses bras.
Son œil brilla soudain d'un éclat satanique.
« Allons ! ce n'est pas elle encor, » dit-il tout bas.
Puis, pareil au dormeur qui tout à coup s'éveille
En sursaut, il franchit le seuil de la maison.

Le soleil se montrait au bout de l'horizon.

On se trouvait alors dans la saison vermeille
Des oiseaux et des fleur. Sombre, le front brûlant,
Marcel, longtemps, erra d'un pas morne et tremblant.

Ils étaient toujours là, le clocher du village,
Entouré de ses murs perdus dans le feuillage,
La maison paternelle aux toits vieillis, jaunis,
Tout couverts de frimas en hiver, et de nids

En été. Mais personne, hélas, dans cette ville,
N'eut reconnu Marcel. Il était si changé !
La débauche et le vice avaient tant ravagé
Les contours délicats de son front juvénile !
Triste et mélancolique, il s'assit au détour
D'une route en plein champ, en attendant le jour.

Il avait donc en vain, ce rôdeur solitaire,
Cherché l'étoile ou l'ombre au ciel et sur la terre !

Qu'était-il donc enfin ce passant inconnu,
Sombre et mystérieux, que son œil avait vu,
Toujours à son côté, dormir sur une borne,
Marcher dans le désert que l'immensité borne,
Rêver à Rome aux pieds des jaunes citronniers,
Ou chanter un refrain à l'ombre des palmiers,
Et sans qu'un seul instant ce convive se lasse
Fermer derrière lui, jusqu'au sillon qu'il trace ?

Sur un pâle églantier dont les rameaux en pleurs
Secouaient au matin leurs bourgeons et leurs fleurs,
Deux fauvettes allaient et venaient dans les branches.
On voyait à leur air un ménage affairé.
Elle, — douce et rêveuse, — et lui, — tout effaré,
Construisaient un nid plein de mousse et de pervenches,
Moëlleux comme un duvet, brillant comme un satin.
C'était un battement d'ailes, un caquetage
Joyeux, interrompu par des baisers sans fin,
Donnés, pris et repris, dans le feu de l'ouvrage,
Dont la douce harmonie enivrait le bosquet.
Quand le nid achevé, se balança coquet

Et beau comme la joie et comme une promesse,
Les deux oiseaux, unis dans la même allégresse,
Ouvrant à Dieu leur cœur, et leurs ailes au vent,
Saluèrent l'azur et le soleil levant.

« Fauvettes ! » dit Marcel « fauvettes oublieuses »
« Pour qui bâtissez-vous, la demeure d'un jour,
« Que le pâtre, demain, de ses mains curieuses,
« En chantant, brisera peut-être sans retour ?
« Dites-moi, dites-moi, pourquoi cet air de fête,
« Puisqu'il suffit, hélas, d'une heure à la tempête
« Pour jeter au néant le nid et la chanson ?
« Aux hôtes de l'azur, Dieu donne l'horizon
« Pour repaître leurs yeux et déployer leur aile ;
« Oiseaux ! montez, joyeux, vers la nue éternelle
« Qui vous fait une cage avec l'immensité ;
« Et puisque, du printemps, vous êtes messagères,
« O fauvettes ! fuyez, rapides et légères,
« En jetant au zéphyr le mot de liberté. »

Nous aimons, — dirent les fauvettes, —
Et coquettes
Préparons le duvet des nids,
Où Dieu, dont la bonté nous garde
Et regarde,
Nous enverra de beaux petits,

Dont la chanson harmonieuse
Et joyeuse
Egaiera longtemps nos vieux jours,
Que nous entendrons à l'aurore

Qui tout dore,
Aux nids parler de nos amours.

Oui, dans les champs, pleins d'harmonie,
Infinie
De beaux petits qui chanteront,
Et, lorsque la nuit se dérobe
Devant l'aube,
Sur les blés jaunes voleront.

Dans le gazouillement farouche
De leur bouche,
Nous écoutons l'écho des cieux,
Et nous sentons, de leur paupière,
La lumière
Céleste monter à nos yeux.

Nous ne connaissons nulle envie
Dans la vie,
Car Dieu donne à tous les oiseaux
Les fruits dorés de la nature
Pour pâture,
Et pour les aimer, des berceaux.

Car le cœur qui s'ouvre à lui-même,
Quand il aime,
Est plus grand que l'immensité.
S'enchaîner au nid près d'éclore
Qu'on adore,
Est plus grand que la liberté.

Qu'une autre, légère, s'envole

Et frivole,
Laisse ses petits aux sillons,
Nous, nous préférons l'esclavage
Dans la cage,
Pour retrouver nos oisillons.

Si nous sentons sur notre tête
La tempête
Nous dormons d'un sommeil joyeux,
Car nous savons bien que l'orage
Qui voyage
Obéit au maître des cieux.

Le maître clément que sur terre
Tout révère
Et proclame le Tout-Puissant,
Dont nous entendons la ramure,
Qui murmure,
Chanter le nom éblouissant.

Et le soleil levant embrasa la clairière
Des reflets argentés de sa fauve lumière.
La bise matinale et la rosée en pleurs,
Les oiseaux frissonnants, et l'azur et les fleurs,
Et tout ce qui rayonne et tout ce qui respire
Sur terre et dans les cieux, dans un même délire,
Et du fond de la plaine et du sommet des bois,
La vie et le parfum, crièrent à la fois :
« Nous aimons, ô soleil, ta flamme qui fait vivre
« Nature, nous aimons, ton air qui nous enivre ! »

« Ils aiment ! » murmura Marcel pétrifié ;

Ce mot divin, eux seuls, ne l'avaient oublié.

Harmonie ! harmonie ! ô bruit de la nature,
O baisers du matin courant sous la verdure,
O vous qui soupirez, vous ne me dites pas,
Quel ange vous cachez pour m'aimer ici-bas.

« Moi ! » répondit soudain sous un coin de ramure
Une voix qui semblait un céleste murmure.

Marcel se retourna sur le bord du chemin ;
Une femme passait qui lui tendit la main.
Une femme ! mon Dieu, non ! non ! la voix d'un ange,
D'un séraphin ailé qui, des cieux descendu,
Jetait le trouble au cœur de Marcel éperdu.

Elle s'avançait, pâle et fière, et, chose étrange,
Les rumeurs dans la plaine et les chants dans les bois,
Comme un écho mourant cessèrent à la fois.

« Vous m'appeliez ? » reprit doucement l'inconnue,
« Et comme je passais, alors je suis venue. »

N'est-ce qu'une chimère ou qu'une illusion ?
Il semblait à Marcel, que cette vision
Il l'avait entrevue aux jours d'adolescence,
Sylphe vêtu de blanc aux heures d'espérance,
Et qui, plus tard, venait, spectre drapé de noir,
Pleurer à son chevet comme le désespoir.
Il regardait muet, surpris ; c'était bien elle,
Plus douce que jamais, et plus pure et plus belle.

C'était bien son sourire et son regard de feu.
Et cette étrange voix qui lui parlait de Dieu.

« Que me veux-tu, réponds, ô passant solitaire,
« Toi dont je sens partout le souffle à mon côté ?
« Dis-moi quel est ton nom : Songe ou réalité ?
« Ange venu des cieux égaré sur la terre,
« O toi dont, pas à pas, le fantôme me suit,
« Aurore dans mon jour, étoile dans ma nuit ! »

« Ni le démon, ni l'ange. O je suis une femme
« Dont vous avez le cœur, ayant emporté l'âme.
« O Marcel, j'étais là, pleurant sur nos amours ;
« Depuis deux ans bientôt, à l'aurore sereine,
« Je viens prier pour vous. Le printemps vous ramène,
« Comme un oiseau qui sent revenir les beaux jours. »

Marcel laissa tomber une main dans la sienne ;
« Mon sort est votre sort, votre douleur est mienne.
« La fleur cherche la fleur dans un baiser jaloux,
« Un même séraphin berce notre souffrance ;
« La fauvette me dit qu'il reste l'espérance.
« Ah ! puisque vous pleurez, je sanglotte avec vous ! »

Ils se laissaient aller à l'ineffable extase,
La bouche sur la bouche et les yeux dans les yeux.
La fauvette, soudain, s'envola vers les cieux !

« Amour ! éclair du cœur, ô flamme qui m'embrase,
« Amour ! suprême cri que ma lèvre a trouvé,
« Suspendu comme un astre au front de la nature,

« Si pur, que Dieu le donne à toute créature,
« Amour ! ô sois béni, puisque tu m'as sauvé ! »

O sauvé ! pas encor ! Sauvé Marcel, peut-être.

Il s'était accoudé pensif à sa fenêtre.
Ah ! comme il était vieux tout ce jeune bonheur,
Comme elles paraissaient longues ces deux années
Qui gisaient dans l'oubli, comme les fleurs fanées
Que vient fouler le pas distrait du moissonneur.
Et Marcel murmurait en regardant la nue :
« Qui donc m'a mis au cœur cette soif inconnue
« Et cette lassitude et ce sombre désir,
« Qui semble être à la fois et tourment et plaisir ?
« Pourquoi l'homme meurt-il ? Et pourquoi dans ce monde
« L'amour n'a-t-il qu'une heure et la vie un seul jour ?
« Qui donc à cette terre aride et vagabonde
« Dira que j'ai vécu dans ce triste séjour ?
« Que j'ai souffert, aimé, pleuré, puisque tout passe,
« Et ce que l'âme écrit, un souffle hélas, l'efface !
« Hôtes du grand ciel bleu, vous, oiseaux qui volez,
« Portés par le zéphyr vers les cimes dorées,
« Que ne puis-je vous suivre aux sphères éthérées
« D'où nous vient la lumière. O mes frères ailés,
« Je voudrais comme vous, amant du vent qui passe,
« Poser mon pied vainqueur sur le front de l'espace,
« Et puisque rien n'est grand comme la Liberté,
« M'envoler avec vous et pour l'Eternité ! »

« Rien ne meurt ici-bas, car tout se renouvelle ;
« Sur la rose flétrie, en pousse une plus belle.

« Non ! Non ! rien est obscur, pas même le tombeau :
« Ton âme est ta lueur, et l'amour ton flambeau !
« L'hirondelle a la nue, et la terre a l'aurore :
« Il ne restait plus rien : — Dieu, voulant mieux encore,
Aux hommes fit un cœur. Regarde, dit l'oiseau.
Et Marcel se trouva debout près d'un berceau !

JOSUA D'ARAGON

JOSUA D'ARAGON

I.

Charles-Quint a repris l'œuvre de Charlemagne,
L'Espagne tient le monde et d'Albe tient l'Espagne.
Ils gouvernent ainsi, le duc et l'empereur,
Car Charles a le sceptre et d'Albe la terreur.
Esclaves tout-puissants, car tous deux ont un maître,
Et d'Albe l'empereur, et l'empereur le prêtre,
Mieux, l'inquisition : mystérieux pouvoir
Dont les yeux sont partout, qu'on devine sans voir.
L'empereur a pour lui la victoire et le nombre,
L'inquisition est la plus forte ayant l'ombre.

Si, dans l'Espagne entière, il est un nom maudit,
Fait de larmes, de deuils, et dans le sang écrit,
Que portent dans leur chair Grenade et Saragosse,
Qu'on épelle tout bas, — tant l'homme était féroce,
Tant l'homme était puissant, — ô certes, c'est le nom
Du grand inquisiteur, Josua d'Aragon.

Il marchait précédé des gibets et des flammes ;
Il fit pendre en un jour vingt enfants, deux cents femmes ;

Rouant, écartelant les juifs jusqu'au dernier,
Valence ne fut plus qu'un immense charnier.
Il avait pris Cadix et bombardé Séville ;
Il allait sans remords, le front sur l'Evangile,
La lèvre sur la croix ! Et nul ne le voyait,
Lui, voyant tout ! c'était une ombre qui broyait.
Il tuait sans repos, dans un calme farouche,
Offrant du sang au ciel, mêlant dans toute bouche
Le Christ et le gibet, — Jésus et Montfaucon. —
Tel fut don Josua, Josua d'Aragon.

Grenade se révolte. Il accourt. « — Qu'on m'amène
» Le plus riche d'entre eux. » — Et dans la ville pleine
De maures et de juifs, c'est le vieux Samuel.
« — Mais je suis innocent, j'en atteste le ciel ! » —
« — Nous le verrons là-haut ! » — Josua, fort tranquille,
Ordonne qu'on le cloue aux portes de la ville.
Et le juif Samuel, resta, pendant dix jours,
Exposé tout vivant aux becs des noirs vautours,
Qui, se montrant de loin, cette saignante proie,
Sur elle en tournoyant s'abattaient avec joie.
Le reste fut pendu, roué vif ou brûlé.
Il repartit, sitôt Grenade muselé.

Il traversait Madrid, — c'était au crépuscule, —
Deux écuyers tenaient par la bride sa mule.
Ecartant devant lui tout le peuple, un licteur
A cheval, criait : « — Place au grand inquisiteur
Josua d'Aragon ! » — Et la foule accourue,
Tremblante, contemplait à genoux dans la rue
Le fantôme voilé qui gouvernait les rois.

Il portait la chasuble, et brandissant la croix,
Regardait frissonner, pâle, la foule humaine,
Comme au zéphyr du soir, les épis dans la plaine.

Une femme, soudain, surgit et se rua
Sur l'escorte en criant : « — Sois maudit, Josua ! » —

« On vient de blasphémer ! » — C'est Juana la juive ! » —
Et Josua reprit : « — On la brûlera vive ! » —
Juana le fixa d'un regard si profond,
Qu'il sentit tressaillir son être jusqu'au fond.

L'ombre couvre la ville ; à Madrid tout sommeille,
Hors l'inquisition, car Josua, lui, veille.
L'évangile repose ouvert sur ses genoux ;
Minuit au haut des tours sonne ses douze coups.
Il est toujours là qui, sur le livre, se penche.
Tout-à-coup il sembla que, sur la page blanche,
Les caractères noirs tournoyaient indécis ;
On eut dit de grands traits pareils à des sourcils,
Puis deux trous flamboyants, pleins de fauves lumières,
Sur lesquels s'abaissaient et s'ouvraient des paupières ;
Et, quand la vision soudain se dessina,
Josua reconnut les yeux de Juana.

Il repoussa le livre et prit sa croix dorée.
Dans la nuit, par trois fois, d'une main assurée,
Josua décrivit le signe du salut ;
Et l'apparition faiblit, puis disparut.
Le grand inquisiteur, livide, mais paisible,
Avait déjà tourné les feuillets de la Bible,

Lorsque, tout près de lui, dans l'ombre, on ricana ;
Il frémit, car c'était la voix de Juana.

II.

Depuis hier matin, et dans la cathédrale
De Madrid, au milieu de l'horreur sépulcrale
Que répand dans la nuit la lueur du tombeau,
Un homme est à genoux. Vêtu du blanc manteau
De l'inquisition il porte la croix rouge.
Les deux bras étendus, impassible, il ne bouge.
Un voile épais le cache, et nul ne l'a connu.
Il prie avec ferveur et le soir est venu.
Toute la nuit il prie, et la nouvelle aurore
Qui se lève, l'entend psalmodier encore.
Rien ne le trouble, et rien n'éveille sa torpeur ;
Parfois il s'interrompt pour se frapper le cœur.
Puis il retombe encor dans l'extase profonde.
Une autre nuit arrive, — et c'était la seconde, —
Il découvrit sa face, et, quand il remua
Sa tête pâle, on vit que c'était Josua !

Il sembla que, soudain, les vierges éperdues,
Et les lèvres du Christ, et le front des statues,
L'aile des séraphins et l'or des crucifix,
Tout frémit à la fois, de la voûte au parvis.
Et les morts qui dormaient dans leurs caveaux gothiques,
Les martyrs et les saints, muets et fatidiques,
Secouant leur linceul au jour mystérieux,
Voyant don Josua, s'interrogeaient des yeux !

Et lui ! lui, se tournant farouche vers ces ombres
Augustes, s'écria : « — Vous tous, ô témoins sombres
« Qui m'entourez ici ! vous, martyrs de la Foi,
« Fils de la vérité, parlez et dites-moi,
« A cette heure voilée où le démon me trouve,
« Qu'ai-je fait à mon maître, à Dieu, pour qu'il réprouve
« Et qu'il délaisse ainsi son humble serviteur ?
« La prière m'a fait sans entrailles, sans cœur,
« J'ai poursuivi l'impie et brûlé l'hérétique,
« Tout ce qui n'était pas croyant et catholique.
« J'ai relevé partout le bûcher triomphant,
« J'ai torturé la mère, et torturé l'enfant ;
« Ne craignant même pas de choisir pour victimes
« Les plus grands : mes gibets n'ont pas connu de cimes !
« J'ai tué les vivants, pour baptiser les morts,
« J'avais la vérité, je frappais sans remords.
« Pour quelques innocents, mon âme ne s'effraie ;
« Dieu distinguera bien le bon grain de l'ivraie.
« Yeux fermés, j'écrasais toute rébellion,
« Car seul qui ne voit pas est sans compassion,
« Et Josua se trouve hésitant sur sa route,
« Son cœur qui fut sans trouble est rongé par le doute
« Affreux ; lui, dont le pied touche le front des rois,
« A cette heure est tremblant pour la première fois.
« Et, pour courber celui, devant qui tout s'incline
« Et se courbe ici-bas, ô puissance divine,
« Pour briser Josua, lui, chêne triomphant,
« Vous prenez le roseau, vous prenez un enfant !

Le Christ, vers lui penchant un front mélancolique,
Montra d'un doigt pensif la sainte basilique.

Un cadavre y gisait. Josua frissonna ;
Il reconnut le sien veillé par Juana.

Puis une voix parla, mais une voix étrange,
Comme celle d'un Dieu quand il juge ou qu'il venge ;
Et Jésus, lui montrant, la place de son cœur,
Farouche, apostropha son pâle serviteur :
« Homme insensé » dit-il, « t'ai-je fait sans entrailles,
« Plus morne qu'un tombeau, plus froid que ces murailles,
« Plus blêmes que ces morts couchés dans leur cercueil,
« Que dispute au néant leur inutile orgueil ?
« J'ai mis l'aube à ton front, l'azur à ta paupière,
« Pour aimer le soleil et pour voir la lumière,
« Tu n'es pas un fantôme informe errant dans l'air,
« Je t'ai voulu vivant, et t'ai fait âme et chair.
« Comme le bûcheron penché sur sa cognée,
« Quand arrive la fin d'une longue journée,
« — Car il a commencé son labeur au matin, —
« Contemple son ouvrage, en voyant au lointain
« Décroître le soleil et l'étoile apparaître,
« A ton tour, Josua réponds ! D'abord, toi, prêtre,
« Mon vicaire ici-bas, qu'as-tu fait de la Foi ?
« On prononce mon nom partout avec effroi.
« A l'homme, j'ai dit, aime ! Aimer ! Ta bouche est pleine
« De malédictions et ton âme de haine.
« Gibets, bûchers, des morts, des cadavres sanglants,
« N'est-ce pas ton ouvrage,... et tes cheveux sont blancs !
« Ce mois-même verra ta soixantième année.....
« Dis-moi, vieillard, es-tu content de ta journée ?

« Il en est temps encor, Josua ! Soixante ans,
« C'est la dernière fleur à son dernier printemps ;

« Une feuille, bientôt par la tombe ravie,
« Mais verte encore, pousse à l'arbre de la vie.
« La sève, dans le tronc, fait un suprême effort,
« Pour disputer un jour ses rameaux à la mort.
« L'âme, qui nous survit, comme un oiseau fidèle,
« Vole d'un vol plus lourd et, quand fléchit son aile,
« Devinant que l'aurore approche du couchant,
« Jette son dernier cri, chante son dernier chant !

« O soixante ans ! Et pas une heure de tendresse.
« Tu n'eus pas une erreur, et tu fus sans faiblesse ;
« Pas une main, un seuil, qu'en tremblant ici-bas,
« Tes lèvres ont baisé, ou qu'ont foulé tes pas.
« Dans les bois d'aloës, dans la plaine fleurie,
« Tu chercherais en vain quelque place chérie,
« Où s'est pâmé ton front, et que les vieillards blancs
« Retrouvent tiède encor, même après soixante ans !
« Rien ne te survivra, rien, pas même un sourire
« Banal d'un cœur ami, qui fait qu'on puisse dire
« Qu'au moins on a laissé quelque chose de soi,
« Qui te voyant partir se souvienne de toi !

« Tu mourras tout entier, ton corps et ta pensée,
« Josua ! car écoute ! une larme versée,
« Et par le plus obscur sur la tombe des rois,
« Pèse dans ma balance, et pèse plus parfois
« Que la pourpre éclatante et la plus longue histoire ;
« Car qui n'est point pleuré, seul a vécu sans gloire !
« Ce qui fait, Josua que parfois le néant
« Suffit pour mesurer la grandeur d'un géant !

III.

Le bûcher est dressé sur la place publique
De Madrid : on attend Juana l'hérétique.
L'aube déjà blanchit la nue à l'horizon,
Et c'est pour ce matin ! — La nuit, dans sa prison,
Comme pour prolonger sa trop lente agonie,
Un moine a récité la sombre litanie
Des morts. La juive n'a pas renié son Dieu.

Vers le jour, Juana s'est assoupie un peu ;
Ses deux bras nus pendants, paisible, elle sommeille ;
Penché sur son chevet, le moine qui la veille
Lève sur Juana qui dort un œil tremblant.
On voit pâlir son front sous le capuchon blanc.

O certes, le soleil prodigue des Espagnes
A bruni plus d'un sein dans ses folles campagnes ;
Il a plus d'un fleuron à sa couronne d'or ;
Il peut nous étaler plus d'une perle encor
Dans le superbe écrin où la beauté jalouse
Donne à la castillanne une sœur andalouse.
Mais il luirait longtemps et chercherait en vain
Avant que de trouver, sur son parcours divin,
Une seule rivale à Juana la juive.

Elle dormait toujours, pure, calme, pensive.

La foule s'ameutait au dehors. Les rumeurs
Confuses, maintenant se changeaient en clameurs.

— « Juana ! Juana ! La Juive ! qu'elle meure ! » —
Le moine réveilla l'enfant. « — Quoi ! déjà l'heure ! » —
« Levez-vous ! » — « C'est donc vrai : Mourir à dix-huit ans,
Mais c'est affreux ! » — « Abjure ! il est encore temps ! » —
« — Jamais ! car votre Dieu, c'est le dieu de la haine ! » —
Le moine interrogea des yeux la croix d'ébène
Qui parut tressaillir aux murs de la prison.
« — Jamais ? » — « Non ! » — « Venez ! » fit l'homme avec un frisson.

Ils traversaient la cour ; au pied de la tourelle
De fer, et l'arme au bras, veillait la sentinelle.
« — Halte-là ! » — Mais le moine, en montrant Juana,
Dit son nom, et le garde en tremblant s'inclina.

On put franchir ainsi les portes de la ville.
Juana regardait, frémissante, immobile,
Ce spectre devant qui tombaient tous les verroux.
« — De grâce, un mot, » fit-elle. « Où me conduisez-vous ? » —
Sans détourner la tête et sans ouvrir la bouche,
Il montra l'orient dans un geste farouche.

Ils allèrent ainsi deux nuits et puis deux jours.
A la troisième, on vit à l'horizon les tours
De Cadix. « — Attendons ici, » fit-il, « l'aurore,
« Demain, au petit jour, nous marcherons encore. » —
Les ponts étaient levés, car il se faisait tard.
Un soldat à cheval se montrait au rempart.
« Au large ! » cria-t-il, « et plus vite, mon hère,
« Vous ne passerez pas, seriez-vous le Saint-Père,
» Le diable ou l'empereur ! » — Le moine dévoila
Soudain sa face blême, et l'autre chancela ! —

La mer dans le lointain au soleil étincelle.
On arriva bientôt. « — Voici votre nacelle »
Fit l'homme à Juana. « Vous serez, grâce au vent
« Qui vient de l'occident en pleine mer, avant
« Que l'inquisition trouve sa fugitive.
« Que le Dieu d'Israël, veille aussi sur la Juive ! »

Elle, joignant ses mains dans un élan pieux,
— Et tremblante, — leva sur lui ses deux grands yeux,
Dont les larmes voilaient la profonde lumière.
Puis l'enfant dit avec un accent de prière :
« O qui que vous soyez, ou l'ange ou le démon,
« Pour l'aimer à jamais, dites-moi votre nom. » —

« — Quand vous aurez rejoint cette rive lointaine,
« Où jadis s'éleva Jérusalem hautaine,
« Le pays des cyprès et des verts orangers,
« Aurore ta patrie ! où les zéphyrs légers,
« Balançant au soleil la fleur nouvelle éclose,
« S'enivrent des senteurs de l'aube et de la rose ;
« A cette heure où l'oiseau soupire un chant plus doux
« Sur le nid qui s'éveille, alors souvenez-vous
« Qu'il est un homme au monde, un être haïssable,
« Plus maudit que Caïn et bien plus méprisable,
« Sans un ami, sans toit qu'on évite et qu'on fuit,
« Qui ne peut plus trouver assez noire la nuit
« Pour enfouir son nom et cacher son front blême,
« Un homme renié par la tombe elle-même,
« Où la mort fera signe au pâle trépassé,
« De fuir ce réprouvé, de bannir ce chassé !
« La foi pour sceptre il fut plus qu'un roi qu'on encense,
« Il était la terreur et la toute-puissance,

« Et tremble maintenant que cet immense orgueil
« Ne tienne même plus la largeur d'un cercueil !

« O vous, vous qui partez, vous, — innocence et charme, —
« O donnez-lui parfois un regret, cette larme,
« Ce souvenir du cœur ; une larme ! l'adieu
« Suprême qui s'envole et monte jusqu'à Dieu !
« Et lorsque sonnera pour lui l'heure dernière,
« Qu'à ce géant broyé, qu'à ce peu de poussière,
« Que plus rien ne protège et plus rien ne défend,
« Il survive du moins la plainte d'un enfant !

« — Mon père est mort, ô mais la prière rassemble, »
« M'a-t-on dit, nous prierons et pleurerons ensemble.
« Sa voix ira plus haut, étant plus près du ciel.
« Mon nom c'est Juana, le sien fut Samuel. »

L'homme, poussant un cri, s'affaissa sur la plage ;
Et lorsque Juana, découvrant son visage,
Reconnut son sauveur, soudain elle pâlit,
Car c'était Josua, Josua le maudit !

LA NOUVA

LA NOUVA

I.

« Le sommeil lui soit doux et la terre légère, »
Dit le petit vicomte en soulevant son verre.
« Par le diable, c'était le plus gai de nous six ! »
Répliqua le baron. « Mordieu, De Profundis !
« Que l'ivresse le veille et l'amour l'accompagne ;
« Vidons à sa mémoire un flacon de champagne ;
« Celui que nous fêtons nous montre le chemin,
« Et qui sait dans quel lit nous dormirons demain !

« Messieurs ! pour moi je baille en songeant qu'il faut vivre ;
« Le spectacle n'est gai que lorsqu'on le voit ivre ! »

« Dites ce qu'il plaira, mais dans le monde entier
« Se tuer à trente ans reste un bien sot métier, »
Reprit en ricanant un cavalier imberbe.

« Mon petit Damoiseau, je vous trouve superbe ! »

Vivement exclama le comte en se levant ;
« Il est bien de parler ; sachez auparavant
« Que ce cher baronnet, — les catins aient son âme, —
« A mangé ses châteaux, — certes je ne l'en blâme, —
« Ses châteaux à donjons, et fermes et fermiers,
« Et par distraction les plus beaux les premiers ! »

« Au fait, cette Nouva, pour qui chacun s'enflamme
« Et se tue au besoin est une forte femme ! »
Dit d'un air solennel quelque nouveau venu.
« Moi qui vous parle ici, je n'ai jamais connu
« Un regard plus ardent dans un œil plus étrange ;
« Un rire de démon sur une lèvre d'ange,
« Un air si dépravé, mais sur un front si pur,
« Qu'en y cherchant la boue on trouve de l'azur.
« Sa parole attendrit mais son spasme vous tue.
« Sirène, même quand elle se prostitue !
« Elle met tant de grâce à se pâmer, souvent,
« Qu'elle semble donner ce qu'en fait elle vend.
« Elle n'ignore pas ce qu'avec une larme
« La volupté revêt de tendresse et de charme.
« Pendant que son amant dans sa couche se tord,
« Elle, — folâtre, — rit, même quand elle mord.
« A tout prendre, Messieurs, c'est un être bizarre,
« Dont les attouchements réveilleraient Lazare,
« Mais si chaste à la fois que, la voyant au bain,
« L'œil instinctivement cherche le chérubin.
« Elle n'écraserait certes pas une mouche,
« Mais nulle dans un lit devient aussi farouche ;
« Ce sont des cris pareils aux râles de la mort ;
« On sait comment on entre et non point comme on sort.

« Pleurant sur une fleur flétrie, un rien la nâvre,
« Nouva fait d'un vivant en une heure un cadavre.
« Toujours à court d'écus, ruinant vingt amants,
« Elle vendrait son âme et non ses diamants,
« Et vêtirait plutôt une robe de gaze,
« Que voir dans ses cheveux manquer une topaze.
« Nul mécompte avec elle et le plus exigeant
« Peut dire qu'il en a reçu pour son argent.
« Franche par dessus tout elle s'arrange en sorte
« De mettre avec douceur son amant à la porte,
« Pour s'en faire un ami, sitôt qu'il est prouvé
« Que l'amoureux, du jeu, lui revient décavé.
« Dans toute sa maison le plus grand ordre règne ;
« Un peu plus on mettrait son tarif sur l'enseigne ;
« Car cette donzelle est la femme de Paris
« Qui de toutes le mieux harmonise ses prix.
« Chaque faveur se règle à son taux ordinaire,
« Tant le galant imberbe et tant l'octogénaire ;
« C'est chose convenable : enfant comme vieillard,
« Nul ne peut s'y tromper, l'extra se paie à part. »

Un puritain bondit : « Grave erreur que la vôtre,
« C'est l'ancienne Nouva la nouvelle est toute autre !
« Croyez-vous que l'on vit cette atroce catin
« Jouer paisiblement la prude un beau matin,
« Et le cierge à la main faire amende honorable !
« Celle qui remplissait, de son nom déplorable,
« Les journaux à scandale et les tripots honteux,
« Qui, toujours à l'encan comme un objet couteux,
« Se laissait enchérir, quelque fois en chemise
« Pour rester à la fin à la dernière mise ;

« Cette horrible pieuvre et cet abject trognon
« Vouloir mettre une fleur d'oranger à son nom ! »

« Femme étrange en effet ! » « L'ignoble créature ! »
Dit un autre. « Du tout, excellente nature, »
Fit notre narrateur qui du coup se leva,
« Et je propose ici qu'on amène Nouva,
« Nouva l'enchanteresse, en ces lieux toute nue ! »
« Je mets vingt-cinq louis ! » — « La quête continue, »
Dit l'aimable vicomte, en prenant deux chapeaux,
« On se ruine bien pour de plus laides peaux ! »

Un hourrah frénétique accueillit ces paroles.
« Cela nous suffira, voici mille pistoles ! »

« Dans un heure, Messieurs, vous aurez parmi vous
« La drôlesse qui fait certes le plus de fous ! »

C'est ainsi qu'un beau soir de l'année où nous sommes,
Devisaient, en soupant, de jeunes gentilshommes !
Lorsque lassé de boire on se mit au dessert,
C'est à qui parmi tous serait le plus disert.
Un seul — Dalbert, — gardait l'attitude pensive.
« Vous ne nous contez rien, » dit au morne convive,
Le baron déjà gris. — « Il médite un sonnet
« Sur la tragique fin du défunt baronnet. »
— « Messieurs ! vous vous trompez, notre aimable poëte,
« Je le gage à coup sûr, a quelqu'amour en tête. »
— « Craignez-vous une duègne, un amant trop jaloux ?
« Pour moi, je ne hais point les maris loups garous... —

— « Votre dame, ô poëte, est-elle brune ou blonde ?
« La mantille sied-elle à son épaule ronde ?

— « A se pâmer, tudieu, met-elle de l'apprêt ? —
« Jouvanceau, faites-nous, de grâce son portrait. —

Mon inhumaine, ma tigresse,
Lucia, ma belle maitresse,
Aux vôtres ne ressemble pas ;
Si nous nous aimons sur la terre,
C'est loin du bruit, dans le mystère,
Que nous nous le disons tout bas.

Que la volupté vous embrase,
Moi je trouve ma seule extase
A contempler son beau sommeil ;
Si l'on me voit pâle de fièvre,
C'est quand je surprends à sa lèvre
Le premier mot à son réveil.

J'ignore comme elle se pâme,
Mais puis vous dire que son âme
Est plus limpide que les cieux ;
Sa cuisse est-elle ferme et ronde,
Je ne sais ; mais par tout le monde,
On ne trouve de plus beaux yeux.

Plus blanche que la paquerette,
Plus légère que la fauvette,
Et flexible que le roseau,
Et plus chaste et plus innocente

Que l'aube vermeille et naissante,
Elle est le rayon et l'oiseau.

Qu'on trouve une joie ingénue
D'admirer sa maîtresse nue,
Je le veux ; — mais sur mon honneur,
Baiser le bout de sa ceinture,
Et dénouer sa chevelure,
Près d'elle fait tout mon bonheur.

Et voluptueuse ou pensive,
Jamais ma prunelle lascive
Ne s'arrête sur ses contours ;
De la fleur, qui s'ouvre discrète,
S'envole une extase secrète
Qui dans le cœur dure toujours.

Si parfois nous rions ensemble,
C'est lorsque je croise et rassemble
Les mèches de ses grands cheveux,
Et qu'inondé de la lumière
Qui tremble à sa longue paupière
Mon front effleure ses deux yeux.

Lorsque je m'endors dans sa couche,
Quand ma lèvre cherche sa bouche,
Je sens mon être s'embraser...
La volupté seule et suprême
Près de la femme que l'on aime,
C'est encore un chaste baiser.

Si jamais je voyais sa tête
Courbée en un jour de tempête
Et comme une fleur se flétrir,
Sans le savoir pourquoi, je gage
Que tout mon cœur, brisé de rage,
Loin d'elle, hélas, irait mourir.

Amis ! qu'elle soit brune ou blonde,
Je n'aime qu'une seule au monde,
Ma belle lutine à l'œil noir ;
C'est son nom que chante ma lyre,
Son nom que mon âme soupire,
Quand à ses pieds je viens m'asseoir !

« Le modèle est parfait ! Pour pareille conquête
« On s'explique aisément que l'on perde la tête !

Et ces mots prononcés, une main souleva
La tenture, « Messieurs, salut à la Nouva ! »

II.

Le taudis se montrait horrible, nu, sordide.
C'était un grouillement noir, féroce, livide.
Un enfant en haillons pleurait sur le grabat.
Tous ces gueux se tordaient sinistres, sur leur bât,
Suant, geignant, hurlant. Dans la salle enfumée,
C'étaient des jurons dits d'une voix affamée.
Les membres se glaçaient, on était en janvier.
La neige s'engouffrait dans la vitre en papier.
La rafale, au dehors, soufflait, âpre, mordante ;

Une veilleuse triste, à la flamme hésitante
Qui semblait éclairer et brûler à regret,
Laissait flotter un jour misérable et discret,
Auquel on pouvait voir, clignant, blêmes et louches,
Hagards sous leurs lambeaux, des fantômes farouches.
Etendu sur un banc, déjà l'homme était gris.
Et tout allait son train, dans l'immense Paris,
On dansait dans les bals et dans les ministères,
Les joueurs pariaient, et messieurs les notaires
Endossaient gravement un costume bien noir ;
Madame recevait dans son nouveau boudoir ;
Chez le marchand du coin, l'ivrogne faisait halte ;
La cocotte arrêtait le passant sur l'asphalte,
Les banquiers étaient tout aux projets financiers ;
La hausse de la Bourse effrayait les baissiers ;
On nous donnait ce soir du Molière au théâtre,
Et Mabille attirait la jeunesse folâtre.
Les épiciers dormaient, le poète rêvait,
Et les heureux du jour ripaillaient chez Chevet.

Non, rien n'était changé sur la face du monde,
Mêmes gens grimaçaient sur la machine ronde ;
C'étaient pareilles fleurs dans pareilles saisons ;
L'œil découvrait, là-haut, les mêmes horizons ;
Le soleil éclairait la même tourbe humaine
Que l'orgueil toujours guide et la vanité mène,
Et dans la chambre nue, on se mourait de faim !

L'enfant lui, pur, dormait. « Mais voyons à la fin,
Mangera-t-on ce soir ? « dit la voix éraillée
D'une fille au teint mat qui, soudain réveillée,

Etira ses grands bras maigris dans un recoin.
« Ah ! mordieu ! » fit l'ivrogne, en frappant de son poing
La table qui tomba, « tu fais bien de te plaindre.
« Elevez des enfants pour les entendre geindre !
« C'est frais comme un amour, cela vous a quinze ans,
« Et demande du pain ! ah ! tudieu ! » — « Je descends ! »

La fille se leva, bailla, puis moitié nue,
Rajustant ses cheveux, la voilà dans la rue.

Une heure se passa. « Victoire ! » dit la voix
De Judith. — « Hein ! cent sous ! canailles de bourgeois !
« Cela ne fait jamais de trop fortes dépenses.
« On vous en flanquera, gredins, des innocences !
« Et toi, fiche ton camp ! »
La fille se sauva.
Six mois après, Judith s'appelait la Nouva.

Allons, debout, debout, en selle,
Va ma belle,
Quitte tes mules, ton peignoir.
Ecoute ! c'est le vent du soir
Qui mugit ainsi dans la plaine.
Voici l'heure, la rue est pleine.
Prends ta mantille et ton stylet ;
A tous ceux qui, prostituée,
T'ont tuée,
Jette-leur ton sombre filet.

Va ! va ! sans pitié pour le riche
Qui te triche,
Va, sans pitié pour le vieillard,

Car tout sang fume à ton poignard,
Ta représaille est légitime ;
Fais-toi bourreau, toi la victime ;
Sans pitié même pour l'enfant ;
Brise, par l'insomnie amère,
Cette mère ;
Mords ! mords la biche, mords le faon.

Puisqu'ils t'ont pris ton innocence,
Ta puissance,
Allons ! œil pour œil, dent pour dent :
Dessèche sous ton souffle ardent
Les plus belles fleurs de leur âme ;
Fais de l'honnête homme, un infâme ;
Sois le fléau, sois la douleur.
Dans tes bras, qu'il reste ou qu'il sorte,
Oh n'importe,
Toujours abject, toujours voleur.

Silence à ton cœur, tais ta bouche ;
Va, farouche,
Leur livrer ton premier combat,
C'est la grande nuit du sabbat.
Le sang est rouge et la chair fume ;
Que la volupté soit l'enclume,
Que l'ivresse soit le marteau.
Qu'ils tombent, mourants, dans un râle,
Le front pâle,
A l'ombre de ton noir manteau.

Rêve entrevu, songe des mères,

O chimères,
Gloire, honneur, justice et vertu,
Arrache ces masques, vois-tu !
Fais tomber sous ton cimeterre
Ces mots qui remplissent la terre.
Etouffe tout germe nouveau,
Eteinds toute lumière, et noie,
Dans la joie,
Toute lueur dans tout cerveau.

Car tu fais ta tâche et ton œuvre
De pieuvre,
En suspendant ta nudité
Aux flancs de la société.
C'est toi qui détruis la vermine,
C'est ton corps l'horrible machine
Qui doit assainir et broyer.
Devant la foule ridicule,
Ne recule,
Marche front haut, sans t'effrayer.

Qu'on vous couvre, ô prostituées
De huées,
En avant ! Ne vous lassez pas,
Car vous nous restez ici-bas,
Pour tuer les viles lignées
Dans quelques berceaux épargnées,
Pour nous aider et nous sauver.
Frappez-les sans merci, sans trève
Dans leur sève.
L'œuvre finie, allez crever !

Pour la belle Nouva, bien haut je le proclame
Elle avait largement entendu ce programme,
Et s'était fort vantée, en souriant, d'avoir
Terrassé son vainqueur et dès le premier soir.
Cet ange de l'égoût sans cœur et sans entrailles,
Disait qu'elle avait eu dans toutes ses batailles,
— Au jeu des voluptés pourtant habitués, —
Sur quinze cents amants, pour le moins vingt tués.
Quant à ceux qu'elle avait conduits à la ruine,
On ne les comptait plus. Aussi mon héroïne
La conscience pure allait, tout en rêvant,
Du blond au noir, changeant d'homme le plus souvent.

III.

Silence! nous voici chez Nouva la lionne,
Que l'on nomme en tremblant, Nouva la scorpionne.
Il est là, ricannant, le superbe palais,
Avec ses dix balcons, tout couverts de valets,
Ses portiques massifs ; et sa flèche bizarre.
Avec ses escaliers en marbre de Carare,
Et ses rampes d'ivoire et ses plafonds sculptés ;
Ses lambris blancs et verts et d'argent incrustés ;
Ses parquets, tout en cèdre, et sa tour fantastique
Les serres en cristal et sa cour mosaïque :
Les salons ruisselant sous le feu des rubis,
Où l'écho des pas meurt sur le bord des tapis;
Les voilà les bassins, les parcs et les fontaines,
Et les cignes couvrant les étangs par centaines ;
Et, piaffant sous le mors, la blanche haquenée,
Qui, la crinière au vent et la tête inclinée,

Indolente et farouche attend frappant le sol
La main qui doit venir caresser son beau col.

Voluptueusement sur un divan couchée,
La gorge et les seins nus, et la taille penchée,
La Nouva, vers le soir, s'est assoupie un peu.
Le soleil a rempli l'atmosphère de feu ;
Les rideaux sont tirés, et les persiennes closes ;
Une esclave, à genoux, brûle un parfum de roses,
Et l'eunuque pensif, échappé du sérail,
Veillant sur la dormeuse agite l'éventail
Et se plait à laisser, d'une main nonchalante,
Tomber un air plus frais sur la belle indolente.

Mais entr'ouvrant soudain à demi ses grands yeux
Pleins de langueur, Nouva d'un geste impérieux
Et pourtant familier, fit un signe à l'esclave.
« O Fatsa ! que j'entende encor ta voix suave,
« Dis-moi quelque rondeau, quelque chant éthéré,
« Comme certe on en fait dans ton pays doré,
« Brûlant comme un rayon du soleil de Libie,
« Et plus doux à mon cœur que le miel d'Arabie.

« Une chanson d'amour ? » — Ou de guerre. » Fatsa,
Docile et recueillie, aussitôt commença.

En l'an mil cinq cent dans la ville
De Séville
Régnait un prince glorieux.
Il avait quatre cents maîtresses,
Des tigresses
A plaire au plus capricieux.

Dans ses douze palais mauresques
Pleins de fresques,
Mille éléphants, mille chameaux,
Des diamants et des topazes
Dans des vases
Couverts de vermeil et d'émaux.

Il avait cent vaisseaux de guerre
Qui, naguère,
Avaient combattu tous les rois ;
Une armée immense et superbe,
Toute imberbe,
Victorieuse bien des fois.

Mais la plus grande renommée
Est fumée ;
A ses beaux régiments de fer,
Il préférait une andalouse
Très jalouse,
Au regard bleu comme la mer.

Dans le sérail, c'est Isabelle
La plus belle,
Qui répand son charme infini :
Nulle n'avait taille plus ronde
Dans le monde
Que l'andalouse au sein bruni.

Voici le maître : son œil brille
Et pétille
Comme la flamme d'un brasier ;
Isabelle à genoux embrasse

Sa cuirasse,
Sa belle cuirasse d'acier.

Et sur l'ottomane de soie
Qui se ploie,
Le prince admire les seins nus
Qui, sous la main qui les caresse
Dans l'ivresse,
Trouvent des transports inconnus.

Isabelle le voit se tordre
Et puis mordre
Son col, son grand col frémissant,
Et, posant sa lèvre farouche
Sur sa bouche,
Rouler à ses pieds languissant.

Le prince, ayant un jour de fête
Sur la tête
D'une dame pris une fleur,
Vit sa sultane favorite
S'enfuir vite,
Hélas, et pleurer de douleur.

Aussi ce n'est plus que sa garde
Qu'il regarde,
Et ses beaux régiments de fer.....
Oh, c'est qu'elle était bien jalouse
L'andalouse
Au regard bleu comme la mer.

« O Fatsa ! ta chanson est langoureuse et belle ;
« Mais dis, pourquoi vit-on la sultane Isabelle
« S'enfuir du bal si vîte et cacher sa douleur ? »
« Ce qui dure le plus dans l'amour est-ce un pleur ?

« Elle adorait son prince, elle était andalouse,
« Seule qui n'aime pas d'une fleur n'est jalouse.

« La sultane aimait donc ! » — « C'est bien, » dit la Nouva,
« Qu'on prépare mon bain. » Puis elle se leva.

Pleurer pour une fleur ! Avoir au monde un maître !

Inquiète et songeuse, elle ouvrit sa fenêtre
Et laissa dans ses mains tomber son front ardent.

Le soleil se couchait au lointain occident.
Dans le parc, les oiseaux recherchaient la ramure,
Et leur chant s'éteignait, grave, dans le murmure
Des fontaines, de l'eau gouttant dans le bassin
Et d'un joyeux froufrou d'abeilles, dont l'essaim
Tournoyait aux rayons mourants de la lumière.

Dans ce recueillement, la brise printanière
Apportait un écho du bruit des boulevards,
Bruit confus qui montait, montait de toutes parts.

Et soudain la Nouva devint mélancolique.
Je ne sais quelle idée étrange ou diabolique
Passa par son cerveau, mais d'un geste fiévreux
Repoussant la fenêtre, elle baissa les yeux.

Elle sortit du bain encore plus maussade,
Entreprit, sans succès, un tour de promenade,
Essaya deux chapeaux, ressortit, puis rentra,
Et finit par aller enfin à l'Opéra.

Un silence se fait dans cette houle humaine,
Pendant que la Nouva, de sa loge, promène
Sur la salle attentive un long regard distrait,
Et que sa main répond, par un signe discret,
A ses admirateurs qui, voyant la sirène,
Se lèvent frémissants pour saluer leur reine.

On jouait Othello : que ce fut de Weber,
De Rossini, Mozart ou simplement d'Auber,
Du moderne ou du vieux, du Scribe ou du Shakspeare,
Ce n'est pas la Nouva qui pourrait nous le dire,
Car elle disparut dès le premier tableau
Et laissa Desdémone aux prises d'Othello;
Trouvant à ses amants d'ailleurs un air si bête,
Qu'elle en bailla tout net en détournant la tête.

« Qu'on me selle Blanca, » fit-elle au petit jour.
Et Blanca harnachée et piaffant dans la cour,
Bride au cou, l'œil en feu, superbe dans sa joie,
Présente au cavalier sa croupe qui se ploie,
Et docile à sa voix, ainsi qu'un lévrier,
Elle bondit sitôt Nouva dans l'étrier.

IV.

Or ce même matin, Dalbert, notre poète,
Chevauchait dans le bois, fort taciturne, en quête

D'une rime rebelle ou d'un sonnet nouveau.
Après avoir en vain torturé son cerveau,
— Les cas les plus mauvais étant toujours niables, —
Il finit par lancer sa muse à tous les diables.

C'était un cavalier bien pris et bien cambré,
A la démarche fière et d'un port assuré.
Le teint mat, l'œil ouvert voilé de rêverie,
Grand, sec, un peu hautain, mais sans forfanterie,
En somme, un compagnon aussi vaillant que doux,
D'un caractère franc et loyal entre tous.
Joyeux comme l'oiseau, frais comme l'espérance,
Simple comme une vierge et comme l'ignorance.
Au siècle où nous vivons, son cœur restait encor
Chaste comme l'azur, sans tache comme l'or.
Que le monde se rit de cette âme pudique,
Mais il semblait naïf et n'était point sceptique.
Il était ainsi fait ; vous ne l'eussiez surpris
Raillant, bavant du fiel, et jetant son mépris
Sur toute chose au monde : il croyait aux chimères,
A ce qui flotte encore aux lèvres de nos mères,
Rêves dont maintenant notre cœur se défend,
Et qui n'ont eu qu'un jour comme nos jeux d'enfant.

Dalbert ne possédait au monde de maîtresse ;
Vierge de tout baiser et de toute caresse,
Fleur jalouse et nouvelle encore à son printemps,
Il ouvrait au soleil sa vie et ses vingt ans.

Qu'il en eut le désir, le poète l'avoue,
Et ce candide aveu mérite qu'on le loue ;
Il en riait tout haut pour pleurer en secret.

Que ne la voyait-il par ce chemin discret
Surgir de ce feuillage au milieu de l'allée,
A l'allure farouche et de langueur voilée ?
Il lui voulait deux yeux, deux grands yeux de saphyr,
Trouver dans sa parole un écho du zéphyr ;
— Plutôt grasse que maigre —, une taille élancée,
Un front qui ne pourrait cacher nulle pensée ;
Un sourire parfois moqueur, toujours charmant ;
Dans un corps virginal une âme qui ne ment ;
A la fois et maîtresse et sœur, — chaste et fidèle, —
Femme par le baiser et chérubin par l'aile !

Le galop d'un cheval surprit Dalbert rêvant ;
C'était Nouva, superbe et chevelure au vent
Qui passait et faisait, dans sa course rapide,
Derrière elle, voler un flot de sable humide.

O dites-moi, pourquoi l'œil cherche-t-il l'azur ?
Le papillon la fleur, l'aurore l'épi mûr,
Et l'aigle, roi du ciel, une roche élevée ?
Les mondes leur soleil, et l'oiseau sa couvée ?
Dites-moi, dites-moi, dans l'éternel aimant
Ce que chante le flot qui roule, au firmament ;
La rosée au matin, l'insecte à la ramure,
Ce que l'étoile aux nuits, frémissante, murmure !

Si lecteur, vous pouvez me l'apprendre, à mon tour,
Je vous dirai comment on vit le même jour,
— Comme deux amoureux que le hasard rassemble, —
Dalbert et la Nouva faire la route ensemble.

Tous deux ils chevauchaient ; Dalbert silencieux,
Jetait sur sa compagne un regard curieux ;
Puis, se tournant soudain à demi sur la selle :
« Votre nom? » — « Mon nom?... C'est... Lucia qu'on m'appelle »
Fit Nouva pâlissant. — « Eh bien, ma Lucia, »
Reprit le cavalier, « Par ce camélia,
« Qui se meurt sur ton sein, image de mon âme,
« Par ce qui nous entoure et voit, je te proclame
« Ma seule souveraine et mon unique amour.

« Si vite ! » dit Nouva, se penchant à son tour.

« Ma belle c'est ainsi ! j'en donne ma parole
« Que mon cœur n'a bondi jamais d'ardeur plus folle,
« Et mes sens excités de plus de volupté,
« Qu'à cette heure où je sens ton souffle à mon côté !
« Tu ne me réponds pas ! Mon rival, d'aventure,
« A-t-il façon meilleure et plus noble posture?
« A cheval, Lucia, que moi se tient-il mieux ?
« A-t-il regard plus franc, plus de flamme à ses yeux ?
« Est-il de vieille race et de souche authentique ?
« Grand seigneur ou manant, banal ou poétique ?

Elle, tout en riant : « — Parler d'amour ainsi,
« Quand vous ne connaissez votre compagne ici ?
« Je vous trouve imprudent même pour un novice,
« Et bien hardi, Dalbert, si ce n'est qu'un caprice ?
— « Si tu trouves mon cœur à se donner bien prompt,
« C'est qu'il voit dans tes yeux et qu'il lit sur ton front,
« Que ton âme y rayonne et que ton âme est pure,
« Comme sur ce gazon cette onde qui murmure.
« Je cherche le parfum, — Lucia sois la fleur, —
« La lumière et l'amour, — sois l'aube, sois la sœur. »

V

Est-ce bien la Nouva, la superbe lionne
Que je vois essuyer la larme qui sillonne
Un visage où se lit la pâle anxiété ?
Où donc sont tes amants ? Est-ce la volupté
Qui met dans ton regard cette flamme qui brille
Et soulève parfois ton sein sous ta mantille ?
Pourquoi cet air farouche et ce front inquiet ?
A cette heure, qui donc ton œil sombre épiait ?
T'a-t-on promis ce soir quelque nouvelle proie ?
Non ! car ton cœur frémit et ce n'est pas de joie.
Et ta chambre est déserte et déserts les balcons.
Où donc sont les parfums, les fleurs et les flacons,
Et l'eunuque soumis qui sur ton front balance
La lampe dont l'encens endort ta nonchalance ?
Où donc tes lévriers, ta meute et tes valets,
Et les griffons grognants au seuil de ton palais ?
O retours d'ici-bas ! ce qu'on voit apparaître,
Et rampant comme un chien sous la main de son maître,
C'est Nouva qui frissonne et qui compte à genoux
L'heure qui sonnera son premier rendez-vous.

Viendra-t-il ?.. C'est affreux !.. Quel supplice d'attendre !..

Un pas dans l'escalier soudain s'est fait entendre.
Dalbert ! c'est lui ! — « C'est vous ! » — Et Nouva d'un seul bond
Est prêt du cavalier : — « O que vous êtes bon
D'être venu ! » — « Pourquoi ? vous avez ma parole. »
— « Je craignais ; je doutais ; je pleurais ; j'étais folle

« Et je ne sais plus quoi ! Mais vous voilà, merci !
« Votre chapeau, vos gants. Donnez cela ! » — « Voici !
« Es-tu belle ce soir ! Que je te vois et touche ! »
— « O mon seigneur, » fit-elle en lui tendant la bouche,
« Comme vous êtes grand ! » — Puis ne l'atteignant pas,
Caline elle lui fait un collier de ses bras,
Pressant, serrant Dalbert qui, frissonnant, se penche
Pour couvrir de baisers bruyants sa gorge blanche.
Son regard se promène avide et curieux
De la lèvre qui s'ouvre et se pâme, à ses yeux
Qui se ferment vaincus. Pendant qu'elle soupire,
Lui recommence encor dans un muet délire ;
Puis la voyant soudain qui chancelle et pâlit,
Il la porte tremblant sur le bord de son lit.

— « Vous êtes généreux pour cette pauvre femme ! » —

— « Je ne te connaissais pas encor cette flamme
« Qui brille dans tes yeux ! » — « O Dalbert m'aimez-vous ?
« Répondez! » — « Lucia, je t'aime ! » — « Que c'est doux
« Et profond ce beau mot ! » — Puis ce sont des paroles
Qui s'échappent sans fin de ces deux têtes folles,
Sans suite et sans lien ; de petits cris joyeux
D'oiseaux surpris au nid, des regards curieux ;
Un caquetage ému comme un chant de fauvette ;
Un baiser dérobé, puis repris en cachette,
Et puis mille projets : on allait être heureux ;
Comme on délaissera ce Paris ennuyeux,
Pour se créer ailleurs une bonne retraite
Profonde, loin du bruit, bien tranquille et discrète !
Dalbert, lui, chanterait, — un poète parbleu ! —

Le soleil, le printemps et les fleurs du bon Dieu.
Pendant que Lucia le bercerait émue ;
Que d'espoirs caressés, et que d'aube entrevue !

Mais la Nouva pensive : — « O je ne sais pourquoi
« Je ne vous sens jamais, Dalbert, trop près de moi !
« Je tremble à chaque instant qu'on vienne pour vous prendre,
« Dites que vous m'aimez ! Ce mot je veux l'entendre
« Toujours, la nuit, le jour, jusque dans mon sommeil,
« Pour le trouver encore à l'heure du réveil. »

— « J'aime ton long baiser, et j'aime ton sourire,
« Plus que mon être entier et plus qu'on ne peut dire ;
« Et toi, ma Lucia ? » — « Je t'adore ! bien mieux
« Je te... mais je ne sais. Mon cœur tient dans tes yeux.
« Et si tu veux jamais que cette femme meure,
« Tu n'auras qu'à ne plus l'aimer. Ce sera l'heure
« Pour moi de m'en aller. N'est-ce pas, mon Dalbert,
« Que tu me le dirais ? Hélas, j'ai bien souffert !
« Mais la destinée a pitié de moi sans doute
« Puisqu'elle vous envoie. Aux damnés, une goutte
« D'eau suffit pour remplir leur cœur de volupté,
« Et pour les consoler toute une éternité ! »

— « O pourquoi remonter aux heures de détresse,
« Puisque nous nous aimons, — ô ma belle maîtresse,
« Laisse donc, pour un jour, tes souvenirs amers ;
« Ton printemps va chasser les frimas des hivers ;
« Berce-moi dans tes bras ! Oublions toute chose,
« Sinon ce bon sourire où ton ange repose. »

O l'amour ici-bas, n'est-il pur et touchant ?
Dites ! connaissez-vous au monde un plus beau chant,

Plus agréable à Dieu que l'hymne que soupire
Une maîtresse aimée à celui qui l'inspire ?
Dites ! n'est-ce pas vrai que le zéphir jaloux
Reporte vers le ciel ces mots profonds et doux,
Vers le ciel leur patrie, où l'homme les dérobe
Pour mettre dans sa nuit quelque chose de l'aube !

Regardez sur ces fronts ce charme répandu !
Répondez-moi tous, Dieu n'a-t-il pas entendu
Faire de tout amour la seconde innocence ?
Femme, relève-toi ! Comme au jour de naissance,
Fière tu peux montrer ton corps purifié ;
Tout est si bien remis et si bien oublié,
Qu'en vain on chercherait encore la souillure ;
L'âme a vaincu la chair, et l'âme est toujours pure !

Philosophes perclus, redresseurs patentés
Des mœurs des nations et des sociétés,
De vos in-octavos, moralistes stupides,
De grâce épargnez-nous les fatras insipides,
Car j'ai besoin de croire et d'être consolé ;
Et puisque du parvis le Christ s'est envolé,
Puisque je ne vais plus prier aux tabernacles,
Que ma mûre raison repousse les miracles,
Ce qui ne rougit pas la pointe du scalpel,
Que je n'ai plus d'aurore et n'ai plus un autel ;
O puisque le néant, dans mon âme déserte,
A tous les désespoirs laisse la porte ouverte ;
Comme je tremble, hélas ! Que j'ai peur de finir
Ainsi, je veux aimer, aimer pour rajeunir,

Et puisque Dieu le donne à toute créature,
Je chercherai mon ciel dans une aube plus pure.

J'aime ! Qu'importe après ! Les mondes périront,
O qu'importe ! Ce soir, j'ai pleuré sur son front ;
Plus rien, plus de soleil, plus d'azur à la nue ;
Qu'importe ! dans mes bras ivre je l'ai tenue !
J'ai baisé ses cheveux et j'ai touché sa main !
Que tout meure ! Eh bien soit ! Les pierres du chemin
Où son pied s'est posé ; cette nuit frémissante
Qui la vit sur mon sein s'endormir languissante,
Et cette heure, et ces lieux où mon cœur s'est pâmé,
O tout, jusqu'au néant, dira qu'ils ont aimé !

VI

Nouva s'est endormie au soir. Un domestique
A mélangé son vin d'un puissant narcotique.
Les mains jointes, les yeux fermés, sans mouvement,
Ne la dirait-on pas morte si, par moment,
Un mot vague et confus ne venait sur sa bouche
Voltiger comme un songe extatique et farouche :
— « Mon Dalbert ! » — Son amant ! Et ce nom adoré,
Ce nom que tout à l'heure elle avait soupiré
Couchée à ses genoux, ce nom béni, sonore
Venait dans son sommeil la retrouver encore.

Deux hommes sont entrés, d'un masque recouverts ;
La Nouva dort toujours, et ces lieux sont déserts ;
Une voiture attend sur le seuil de la porte.
Le premier fait un signe à celui qui l'escorte ;

Tous deux prennent Nouva, sans proférer un mot.
C'est fini, le cheval fouetté part au grand trot.

Il sont encore là ! Ce fut un grand murmure
Dans la salle soudain, quand l'épaisse tenture
Retomba lourdement et qu'on vit la Nouva
Toute nue, endormie. Un homme se leva,
Et d'elle s'approchant, dans un geste de rage,
Ecarta les cheveux qui cachaient son visage.
Dalbert, — car c'était lui, — chancelant s'écria :
« Horreur ! Damnation ! » — car c'était Lucia !

« — Viens, ou je meurs ! » disait la Nouva dans sa lettre
A Dalbert que Fatsa venait de lui remettre.
« — Jamais ! » — avait-il dit, « — Jamais ! » — Silencieux
Et farouche, il froissait d'un geste furieux
Ces lignes où l'infâme implorait sa clémence.
Et Dalbert se sentit au cœur un vide immense.
O lâche trahison ! O quel effondrement
Diabolique d'espoirs ! de rêves ! O comment,
Dites-le moi, peut-on mettre tant de mensonge
Dans la sainte pudeur ? Innocence, ô beau songe
Envolé ! « — Non, jamais ! » — La Nouva, quel dégoût !
Oh chercher une étoile et trouver un égoût !

L'hiver couvrait le sol de son manteau de glace.
Un enfant en haillons mendiait sur la place.
« — Charité ! » — Puis c'était : « — Un sou, monsieur, la fleur, »
Dit d'un air de pitié qui vous fendait le cœur.
La faim tuméfiait cette face avilie
Qui, naissant ailleurs, eut peut-être été jolie.

Parfois, on le chassait ; alors l'enfant, plus loin,
Grelottant s'arrêtait à quelque nouveau coin,
Montrant désespéré ses bras nus à la bise.

Mendiante aujourd'hui, demain fille soumise !

Dalbert suivait l'enfant d'un regard anxieux.
N'était-ce pas Nouva qu'il avait sous les yeux,
Mais Nouva rajeunie, hélas, et bien plus blème,
Agitant cette fois encor le grand problème,
Vieux comme la misère et comme elle sans fin ?
Est-ce honte de vivre, un délit d'avoir faim ?
Pas d'âme dans le cœur de la prostituée ;
Pas d'âme, j'y consens, oui, mais qui l'a tuée ?
Chaque siècle a sa lèpre et tout temps son fléau,
La prostitution, c'est l'ulcère nouveau.
O je n'excuse rien, mais d'accord sur le crime,
Quand vous dites : coupable, ô je réponds victime.
Que l'austère chercheur fouille dans ces égoûts,
L'hétaïre y croupit, hélas, pas loin de nous !

VII.

La Nouva grelottait à sa fenêtre ouverte.
Dalbert ne venait pas, la rue était déserte.

« Meurs ! meurs donc ! » murmurait quelqu'un dans l'ombre, « Non !
« La vie est belle encor ! » lui soufflait le démon.

« — La fin rachète tout ! Pauvre âme, ouvre ton aile !
« Ne vois-tu pas là-haut ton ange qui t'appelle.

« Ton ange qui te fait un signe de la main,
« Pour te montrer encor, dans la nuit, ton chemin !
« Suis-le ! viens ! Reste pure, ô ma chaste colombe,
« Le pardon est au ciel, le repos dans la tombe ! »

Allons, debout ! debout ! Jamais sous ton peignoir
Ton sein n'a frissonné d'amour comme ce soir !
Allons, secoue au vent, farouche, ta crinière ;
Relève-toi ! Regarde, ô ma lionne altière
Le pâle séraphin des nuits de volupté,
Qui, joyeux et lascif, bondit à ton côté !
Debout ! L'heure a sonné ! Tout tressaille et murmure,
La biche au fond des bois, l'oiseau sous la ramure ;
Tout palpite d'ivresse et la plaine et les monts,
La fauvette dit : « viens » et la colombe : « aimons »,
Oh, puisqu'ils t'ont chassée et qu'ils t'ont conspuée,
Qu'ils ont crié : haro sur la prostituée,
Puisque rien n'est remis et rien n'est oublié,
Puisqu'ils n'ont pas de cœur et qu'ils sont sans pitié,
A ton tour, souviens-toi : c'est Nouva qu'on t'appelle !
Jamais tu n'apparus si lascive et plus belle,
Non ! jamais, sur ton front, l'aiguillon du désir,
Ainsi n'a fait pâmer le démon du plaisir !

Un mot eût pu sauver cette femme peut-être !

Nouva ne fit qu'un bond et ferma la fenêtre.

C'est fête, cette nuit, fête dans le palais,
Le palais flamboyant de Nouva ! Les valets,
Debout, jarrets tendus, sous leurs vertes livrées,
Ont repris l'air hautain des plus belles soirées.

Tout est joyeux ! Et l'or qui scintille aux plafonds,
Et le feu des rubis et la voix des griffons !
Les nymphes du bassin, les hérons et les cygnes,
Muets et frissonnants, se font entre eux des signes
Pour se montrer au loin, à travers le massif,
Son beau front incliné, — comme un pâtre pensif,
Dont l'œil compte avec joie, au bord de l'eau qui coule,
La laine du troupeau ! — Nouva fixant la foule !
Ils lui sont revenus et courbés sous sa main,
Les amants de la veille et ceux du lendemain !
Ils sont là frémissants de la même allégresse
De pouvoir saluer encore leur maîtresse
Qui, superbe, étalant la gorge et les seins nus,
Fait un geste amical à ses nouveaux venus !
« — Que le plus valeureux de vous, messieurs, se lève !
« Je suis à lui ! » — cria Nouva, d'une voix brève.
« Ma poitrine est en feu, je veux aimer ce soir. »
« Deux cents louis ? » — « Banco ! » — fit l'homme au masque noir.
— « C'est une nuit de noce et ma foi bien payée ! » —
« — Et maintenant, buvons tous à la mariée ! » —
Lui, l'homme, lentement s'approchant, releva
Son masque et dit : « — Trinquons ! » — « Dalbert ? » hurla Nouva,
Et, tremblante, sa main laissa tomber le verre.

« — Que chacun vous salue, et chacun vous révère, »
S'écria le jeune homme. « — A la plus belle ici,
« En baisant ses genoux, qu'on rende hommage ainsi ! » —
Mais poussant un grand cri, la paupière fermée,
La Nouva s'affaissa soudain inanimée.

« — Quelle grimace ! ô fi ! » — « Que la mort lui messied ! » —
Dalbert, pris de dégoût, la repoussa du pied.

« — Amen ! » — dit un convive, en frisant ses moustaches,
« Car vache, elle a vécu ce que vivent les vaches,
— « Dans ce monde bourgeois, — l'espace d'un matin. »

Telle fut l'oraison de Nouva la catin.

LA FIANCÉE DE MINUIT

LA FIANCÉE DE MINUIT

COMÉDIE FANTASTIQUE

PERSONNAGES :

Un Ermite.
Pierre, berger.
Jacqueline.

SCÈNE I.

L'ERMITE, PIERRE.

L'ERMITE (*seul*).

On a sonné. Quelqu'un ! Qui donc peut à cette heure,
— Minuit bientôt, — venir troubler cette demeure ?
Un passant affamé, quelque pâtre à coup sûr,
Car la nuit est bien froide et le chemin obscur.
Un jeune homme !

PIERRE (*entrant*).

Salut ! Est-ce bien chez l'ermite
De la montagne, ici !

L'ERMITE.

Tu l'as dit. Réponds vite,
As-tu faim, as-tu soif ? Homme qui que tu sois,
Impie et mécréant, ou bien fils de la croix,
Reste le bienvenu ! Cette maison est tienne,
On y trouve un foyer, n'importe d'où l'on vienne.
Pauvres et malheureux, voleurs de grand chemin,
Sans crainte on peut entrer, car on vous tend la main,
Et la même pour tous, au riche comme au hère ;
Parle !

PIERRE.

Je n'ai pas faim et n'ai point soif, mon père.

L'ERMITE.

Tu souffres ?

PIERRE.

Oui, je souffre.

L'ERMITE.

A ton cœur accablé
S'il ne faut, ô passant, pour être consolé,
S'il ne faut, pour sentir ton âme raffermie,
Que le pieux conseil d'une parole amie,

Conte moi ta douleur sans honte et sans effroi,
J'écoute recueilli pour pleurer avec toi.
Du crime et du malheur c'est aussi le refuge;
C'est ici qu'on console, et c'est ici qu'on juge,
Les plus grands sont égaux devant le crucifix,
Le pardon est pour tous. Parle ! Parle, mon fils.

PIERRE.

Mon père, j'obéis. Hélas ! si mon histoire
N'est pas longue à conter, elle est bien triste et noire.
Je suis un simple pâtre et je demeure au bas
De ce vallon. Ma hutte est à deux mille pas.
Je reste seul, tout seul, et depuis mon enfance
J'ai l'humble pauvreté pour sœur et pour défense ;
Pour dormir, j'ai mon lit fait de mousse et de peaux ;
Des gens de ce pays je garde les troupeaux,
S'ils quittent le vallon je les suis dans la plaine,
Et je vis de leur lait ; mes habits sont leur laine
Par le vent et la pluie et par toute saison
Je voyage avec eux sous l'immense horizon.
Je choisis les prés verts, j'évite les ravines ;
Quand le soleil descend derrière les collines,
Rassemblant mes brebis avant l'obscurité,
A demi je m'endors, — mon chien à mon côté, —
Dans le bruit du zéphir et le parfum des roses ;
Les gouttes de rosée à mes paupières closes,
— Tristes joyaux des nuits, — se perlent en rêvant ;
Ma chevelure flotte au gré du moindre vent ;
Alors, sentant partout l'universelle extase,
Mon cœur monte vers Dieu d'où nous vient toute grâce.

Longtemps je fus heureux et ma félicité
Tenait dans ce vallon avec ma liberté.
Vous souvient-il encor d'une bien jeune fille,
Une enfant comme moi, comme moi sans famille,
— Et c'était l'an passé, — que l'on voyait ici
Glaner les épis murs ?

L'ERMITE.

Je m'en souviens aussi

PIERRE.

Son âge était le mien, et son nom Jacqueline ;
Je la rencontrai, là, près de cette colline,
Elle tenait, pensive, une fleur dans ses doigts,
Regardait, hésitait, puis s'arrêtait parfois,
Et s'était égarée en chemin sans nul doute.
J'arrivai juste à temps pour lui montrer sa route.
Je fus récompensé par elle d'un regard,
Puis, vite, elle s'enfuit, car il se faisait tard.
Je me rappelle encor son air gauche et timide,
L'innocence éclairait d'un rayon, l'œil humide,
Elle avait une voix si douce, un front si pur,
Que l'on songeait au ciel en voyant tant d'azur ;
Elle ne parlait pas, car c'était un murmure
Qui vous faisait chercher l'oiseau sous la ramure.
Le sourire perçait, vif, folâtre, incertain,
Comme une fleur nouvelle éclose au frais matin.
Sa lèvre respirait une tendresse extrême,
Et son visage avait du lys la blancheur même.
Je la revis souvent, et toujours elle offrait

A l'œil émerveillé quelque nouvel attrait.
Elle et moi nous formions le plus touchant contraste,
Si bien que je l'aimai, mais d'un amour si chaste
Que sans me plaindre, hélas ! je préférai souffrir
Que d'avouer ma peine et dussé-je en mourir.
La joie ou la douleur de chacun devint *nôtre*,
La tristesse de l'un était larmes pour l'autre.
Nous allions sans songer un jour au lendemain ;
Le même ange guidait nos pas dans le chemin ;
L'horizon se montrait sans nuage et sans voile,
Et nous voyions tous deux poindre la même étoile !
Mais le bonheur, hélas ! n'est qu'un rêve incertain.
Le bruit sourd du canon m'éveillait un matin.
O la guerre ! ce fut un horrible carnage.
La mitraille pleuvait et la mort faisait rage ;
La campagne semblait un immense linceul.

L'ERMITE.

Mon fils, je m'en souviens.

PIERRE.

J'ai pu fuir, oui, mais seul !
Oh, mon père, c'était un jour de grande lutte,
Et le soir, l'ennemi, vainqueur, brûlait ma hutte.
Je revins, toujours seul ! En vain de ce vallon,
Ai-je, hélas, fatigué les échos de son nom.
La demandant aux bois, aux fleurs de la colline,
Personne ne me dit : « C'est là qu'est Jacqueline ! »
Et depuis on m'assure, — et le fait est certain, —
Qu'au soir de la bataille on entendit soudain

La voix de Jacqueline au fort de la mêlée
Et qu'on la releva morte dans la vallée.

L'ERMITE.

Je me le rappelle, oui !

PIERRE.

Depuis ce triste jour,
La douleur suit mes pas. La nuit, je rôde autour
Des croix des noirs tombeaux où mon âme accablée
Cherche la trace, hélas, d'une sœur envolée ;
On dit encore, on dit que près de cet autel,
A l'heure de minuit, au grand jour de Noël,
Les vivants, aux genoux de la sainte Madone,
Viennent prier, et, quand le douzième coup sonne,
Les morts que nous pleurons, que nous avons aimés
Sur terre, ouvrant leurs yeux obstinément fermés,
Tressaillent dans la tombe et, quittant pour une heure
Les hautes régions de leur chaste demeure,
Ils viennent nous revoir et viennent nous parler,
Pour pleurer avec nous et pour nous consoler.

L'ERMITE.

Et que demandes-tu ?

PIERRE.

Revoir ma bien-aimée,
Qui dort dans son linceul! là-bas, inanimée,

Et pour la supplier qu'un signe de sa main,
De son divin séjour me montre le chemin.

L'ERMITE.

Ton cœur est-il vaillant ? Ton âme est-elle pure ?

PIERRE.

J'ai prié.

L'ERMITE.

Dis-tu vrai ?

PIERRE.

J'ai prié, je le jure !

L'ERMITE.

Eh bien, écoute moi, mon fils. Quand de minuit
Le dernier coup aura résonné dans la nuit,
Alors près de l'autel évoque Jacqueline,
La tombe la rendra.

PIERRE.

J'ai là ma mandoline,
Ma compagne fidèle, et la morte en connaît
Les doux sons.

L'ERMITE.

L'heure approche.

PIERRE.

Ah, tout mon cœur renaît,
Tout mon être tressaille au seul mot d'espérance,
Et mon âme captive attend sa délivrance.

L'ERMITE.

Je te laisse, mon fils, et vais prier pour toi.

PIERRE.

Que Dieu soit avec vous et sa grâce avec moi.

SCÈNE II.

PIERRE (*seul*).

Que tout est calme et pur dans cette chaste enceinte ;
Je me sens assailli par une terreur sainte.
Madone ! c'est vers vous que je dois me tourner,
Vous qui, seule ici-bas, pouvez me la donner
Et qui me la rendrez ! (*l'heure sonne*) O mon Dieu ! Je frissonne.
On dirait qu'on entend... Oui, c'est minuit qui sonne !
(*Il chante.*)

I.

Hôtes de ces caveaux, ô vous tous qui dormez
Les mains jointes, les yeux à tous jamais fermés,
Que pour l'éternité l'horrible nuit éclaire,
Vous dont je viens troubler le sommeil séculaire,

Spectres ! c'est vous qu'ici je veux interroger.
De ce vallon fleuri je suis l'humble berger,
J'ai quitté mon troupeau, délaissé ma chaumière,
Car je viens retrouver sous vos dalles de pierre
Ma bergère envolée au sombre jour des deuils.
Si vous la connaissez, parmi ces noirs cercueils,
Fantômes ! dites-moi, dites quelle est sa tombe
Elle était belle et blanche ainsi qu'une colombe.
Pauvre rose des prés morte dans son printemps.
Quand elle s'endormit elle avait dix-huit ans !
Ecoute, Jacqueline, en ta haute demeure
C'est la voix du berger qui te dit : « Voici l'heure. »
O Jacqueline, m'entends-tu ?
Je t'appelle,
Viendras-tu,
O ma belle ?

II.

Dix-huit ans ! Et jamais sur visage plus pur,
Cet âge n'avait mis plus d'ailes et d'azur ;
Tendre et bonne elle fut, plus encor que jolie ;
La douleur lui prêtait de sa mélancolie ;
En voyant de ses yeux l'ineffable douceur,
La fauvette au sillon lui disait : « Viens ma sœur. »
Son parfum défiait la rose printanière,
— Moins fraîche et chaste qu'elle, — et sa blanche paupière
A l'aube dérobant sa touchante pâleur,
Elle était le Rayon comme elle était la Fleur !
Tremblante pour un mot, pour un regard craintive,
Triste elle s'endormit comme une sensitive.
Le rude vent du soir a courbé ce roseau ;
La terre fut sa tombe et le ciel son berceau !
Ecoute, Jacqueline, en ta haute demeure,
C'est la voix du berger qui te dit : « Voici l'heure. »
O Jacqueline, m'entends-tu ?
Je t'appelle,
Viendras-tu,
O ma belle ?

III.

J'aimais son corps si souple et son front radieux,
L'éclair doux et pensif qui brillait dans ses yeux,
Et je n'eus pas donné pour tout l'or d'un empire,
De sa lèvre un baiser, de sa bouche un sourire.
Sa parole semblait l'écho d'un bruit léger,
Comme le chant du soir d'un cygne passager.
En la voyant marcher la paupière baissée,
J'aimais son col d'ivoire et sa taille élancée.
La berçant dans mes bras dans son chaste sommeil.
J'aimais à contempler sa joie à son réveil.
J'aimais toucher sa main, respirer son haleine,
Et suivre en haletant sa course dans la plaine
Où sa grâce rendait les papillons jaloux.
Maintenant, répondez, Morts! La connaissez-vous ?
Ecoute, Jacqueline, au haut de ta demeure,
C'est la voix du berger qui te dit : « Voici l'heure. »
O Jacqueline, m'entends-tu ?
Je t'appelle,
Viendras-tu,
O ma belle ?

SCÈNE III.

PIERRE, JACQUELINE.

JACQUELINE.

Quelle est cette voix ?

PIERRE (*à part*).

Ciel !

JACQUELINE.

J'en reconnais l'accent
Doux et tendre à la fois.

PIERRE (*à part*).

C'est elle, Dieu puissant !

JACQUELINE.

Personne ne répond ?

PIERRE (*à part*).

Elle est encor plus belle !
Mon courage s'en va, je faiblis et chancelle !
(*Haut.*) Jacqueline, c'est moi !

JACQUELINE.

Pierre ! Pierre !

PIERRE.

C'est moi !

JACQUELINE.

J'arrive, me voici.

PIERRE.

(*A part.*) Mon Dieu, je meurs d'effroi.
(*Haut.*) C'est bien toi, n'est-ce pas ? et non quelque mensonge,

Quelque chimère vue à travers un beau songe?
Que j'entende ta voix !

JACQUELINE.

Moi-même qui reviens !

PIERRE.

Laisse ! ô laisse mes yeux se perdre dans les tiens,
Et suspendant ma lèvre à ta lèvre farouche
M'enivrer pour une heure au souffle de ta bouche?

JACQUELINE.

Une heure? c'est bien court !

PIERRE.

Une heure à ton côté,
Oh ! que m'importe après toute l'Eternité !

JACQUELINE.

Asseyons-nous un peu.

PIERRE.

C'est curieux ! Il semble
Que nous sommes restés ainsi toujours ensemble.

JACQUELINE.

Ce temps est loin déjà.

PIERRE.

Sais-tu que le tombeau
En recouvrant ton front l'a rendu bien plus beau,
Que ta voix a surpris des ivresses étranges
Que tu dois dérober à tes frères les anges ?

JACQUELINE.

Pierre, je trouve aussi que ton regard tremblant
N'a pas toujours jeté un éclat si brûlant.

PIERRE.

Ton image sur moi conserve sa puissance ;
Je me sens chaque fois meilleur en ta présence.

JACQUELINE.

Depuis un jour fatal comment as-tu vécu ?

PIERRE.

Longtemps je t'ai cherchée, et, lorsque convaincu
De la réalité, de mon âme opressée
J'ai tenté d'arracher ton nom et ta pensée,
Voyant que tout allait dans mon cœur se flétrir,
A mon tour j'ai voulu te rejoindre et mourir.
Comme sur terre à l'heure où le jour se dérobe
Tout s'est fait nuit en moi ; le ciel n'avait plus d'aube,
La fleur plus de parfum, les bois plus de chansons.
Contemplant les oiseaux perchés dans les buissons,

Je m'attendais à voir, — éclairant la feuillée, —
Surgir de quelque nid ta tête émerveillée.

JACQUELINE.

Mais après tu m'auras oubliée ?

PIERRE.

Ô mon Dieu !
Ecoute donc ! Serais-je à cette heure en ce lieu,
Si j'avais pu le faire. Oui je viens, le front blême,
Te jurer, Jacqueline, à genoux que je t'aime !

JACQUELINE.

Tu m'aimes ?

PIERRE.

Ce passé dont ton cœur se défend,
Ces propos envolés et ces rires d'enfant,
Nos ivresses, nos jeux, nos plaisirs et nos peines,
Nos courses à travers les forêts et les plaines,
Mes rêves, tes soupirs et tous ces mots confus
De tendresse et d'espoir, tu ne t'en souviens plus ?

JACQUELINE.

Je m'en souviens toujours. Tu pleures ?

PIERRE.

Oui, je pleure ;

O Jacqueline, il eût mieux valu que je meure
Que d'entendre cela.

JACQUELINE.

Pierre !

PIERRE.

Je suis maudit !

JACQUELINE.

Tu m'aimes.....

PIERRE.

O Seigneur !

JACQUELINE.

Et ne m'en as rien dit !

PIERRE.

Te révéler ce mot que toute âme murmure !
Que l'hirondelle jette au vent, à la ramure,
Que la fleur dit aux bois, et la terre au soleil,
Qui vole sur ta lèvre et berce ton sommeil !
Pourquoi vouloir chanter ce que l'oiseau soupire,
Ce qui remplit tes yeux et qui fait ton sourire ;
Ce mot tellement pur que le vent anxieux,
Quand il l'entend tomber, le porte dans les cieux.

JACQUELINE.

Tu ne m'as seulement une fois embrassée.

PIERRE.

Ta pudeur m'eut semblé d'un regard offensée ;
Nul front ou nulle lèvre humaine ose toucher
Ce que le chérubin pourrait effaroucher.

JACQUELINE.

Une heure va sonner.

PIERRE.

Une heure ! Une heure !

JACQUELINE.

Pierre,
Je vais me rendormir dans mon cercueil de pierre,
Seule !

PIERRE.

Seule ! non ! non ! Sur ton bras adoré,
Avec toi dans la tombe aussi je m'étendrai.

JACQUELINE.

O la bière est si froide et l'ombre si profonde.

PIERRE.

Qu'il est doux de baiser ta chevelure blonde.

JACQUELINE.

C'est l'éternelle nuit. Pas d'air, pas de soleil !

PIERRE.

Nul bonheur, Jacqueline, au nôtre n'est pareil.

JACQUELINE.

Mourir ! Y songes-tu, Pierre ?

PIERRE.

Mourir ! non ! vivre.
Le cœur peut-il périr, lorsque l'âme s'enivre ?
Rien ne meurt ici-bas que la haine et l'orgueil,
L'existence s'étend et commence au cercueil ;
C'est la grande lueur ! l'ombre même y rayonne !
(*Regardant Jacqueline*). Jacqueline, qu'as-tu ?

JACQUELINE.

Pierre, entends ! l'heure sonne.

PIERRE (*avec transport*).

O viens, viens près de moi, plus près, plus près encor,
Ta bouche sur ma bouche ! oh ! si près que la mort
En voulant t'emmener au moins nous prenne ensemble.
Laisse, ô ma fiancée, à ta lèvre qui tremble,
Monter ton plus ardent et mon premier baiser,
Et laisse mon regard à tes yeux s'embraser.

JACQUELINE.

Je vais partir.

PIERRE.

Non ! non !

JACQUELINE.

C'est l'heure !

PIERRE.

Que m'importe !
Qu'un même ange tous deux vers le ciel nous emporte,
Je reste !

JACQUELINE.

Quitte-moi !

PIERRE.

Je t'aime et je te suis !
Qui vient ?

JACQUELINE.

O je me meurs.

PIERRE.

Attends-moi !

JACQUELINE.

Je ne puis.

PIERRE.

Je t'aime ! Morte ! ciel ; Morte !

SCÈNE IV.

LES PRÉCÉDENTS. — L'ERMITE.

PIERRE (*à l'Ermite*).

C'est vous, mon père ;
Elle est morte !

L'ERMITE.

Elle vit pour toi, mon fils. Espère !

PIERRE.

O c'était donc un rêve !

JACQUELINE (*d'une voix faible*).

Où suis-je ?

PIERRE.

Près de moi.
Jacqueline, tu vis ? Oh ! calme mon effroi,
Réponds !

JACQUELINE.

Pierre, je t'aime !

PIERRE.

Elle parle ! Elle m'aime !

JACQUELINE.

Reçois en le serment à cette heure suprême.

PIERRE (*à l'Ermite*).

Que signifie alors ?

L'ERMITE (*à Pierre*).

Je vais vous éclaircir
Ce mystère en deux mots : Ayant pu réussir
A me glisser, furtif, sur le champ de bataille,
Bravant mille dangers sous un feu de mitraille,
— Les cadavres jonchaient du couvent les abords, —
J'ai passé la soirée à ramasser les morts.
C'est alors que j'ai vu, râlant près d'une haie,
Jacqueline. Elle avait sur le front une plaie
Enorme dont le sang coulait. C'était affreux !
Mais elle respirait. Je fus assez heureux
De pouvoir la sauver. Depuis cette journée,
Elle est dans le couvent, — voici près d'une année, —
Elle n'a pas quitté d'un seul instant ce lieu,
Ayant pour compagnons les malheureux et Dieu ;
Les pauvres sont l'objet de ses soins les plus tendres.

On vous crut mort voyant votre cabane en cendres.
Jacqueline longtemps fut à se consoler ;
Enfin, si je n'ai pas voulu vous dévoiler
Notre secret, cachant jusqu'à son existence,
C'était pour éprouver ce soir votre constance.
Dans la mort, dans la vie, ainsi restez unis,
Puisque vous vous aimez, et moi, je vous bénis.

JACQUELINE (*à Pierre*).

Et lorsque nous mourrons, nous partirons ensemble,
Ainsi que deux oiseaux qu'un coup de vent rassemble.

PIERRE.

Ne parlons plus de mort, Jacqueline.

JACQUELINE.

Ta main,
Pierre. La nuit s'avance ; au revoir.

PIERRE.

À demain.

L'EAU MERVEILLEUSE

OU L'ART DE GUÉRIR LES DÉVOTES

L'EAU MERVEILLEUSE

OU L'ART DE GUÉRIR LES DÉVOTES

COMÉDIE NATURALISTE

PERSONNAGES :

Dortal.
George.
Jeanne.

La scène représente un salon, cabinet à droite, chambre à coucher à gauche.

SCÈNE I.

DORTAL. — GEORGE.

GEORGE.

Mon oncle, vous disiez que ma pauvre cousine...

DORTAL.

En dépit des docteurs et de la médecine,

Des prières d'abord et des coups de bâton
Ensuite, finira ses jours à Charenton.

GEORGE.

Qu'a-t-elle en vérité ?

DORTAL.

L'esprit plein de sottises,
Tous les jours débitant de nouvelles bêtises ;
Elle rêve des saints, des martyrs et du ciel.
Déserte la maison et ne quitte l'autel.

GEORGE.

D'une femme ce n'est peut-être qu'un caprice
Très commun aujourd'hui.

DORTAL.

Le matin, — c'est l'office, —
Le soir, — c'est la prière, — et la nuit, — l'oraison,
Et, certes, j'en perdrai le somme et la raison
Si cela ne finit.

GEORGE.

Mon oncle, à cette note,
Que je reconnais bien toute la gent dévote,
Telle que de nos jours on la voit s'agiter.
Pour elle tout est bon, s'il faut manifester.
Elle ne croit à rien ; mais aller à confesse,
Ne pas manquer un prêche et chanter à la messe

Est resté de bon ton dans un certain milieu,
Qui couvre ses... erreurs du voile du bon Dieu.
Il faut suivre la mode : On porte la bannière,
—Comme un chapeau nouveau,— mais surtout de manière
A se faire lorgner par la grande fashion ;
Et puis : demain, pensez ! quelle réunion !
Il est dit qu'on verra Madame la Baronne
De Z. communier et quêter en personne ;
Et le nom de chacune avec soin est noté ;
Plus d'un journal sera d'ailleurs représenté.
Est-ce bien son portrait ?

DORTAL.

Sa vie ! un vrai problème ;
Tout semble l'ennuyer, l'agacer. Elle n'aime
Rien. C'est un corps sans âme, hélas, et sans désir,
N'éprouvant nul chagrin, mais aussi nul plaisir.
Le jour de grande fête elle porte la Vierge,
Le dais ou quelque sainte en plâtre, avec un cierge,
Le tout avec renfort de génuflexions,
De cantiques divers et de dévotions.
Aussi pour la changer ce sera difficile.
Je ne sais quel bélitre ou quel cuistre imbécile
A détraqué sa tête et tourné son esprit,
Mais elle mourra folle ou nonne, c'est écrit !

GEORGE.

De l'art d'être dévot, c'est une autre manière,
Peut-être plus commune en fait que la première ;
Le sujet, savamment et longtemps préparé,
Marche les yeux baissés, morne, l'air égaré,

Courbé comme un vieillard ou droit comme une perche ;
Hagard, on le dirait toujours à la recherche
D'un grand problème. En somme il songe à son maintien,
Et hors cela ne pense absolument à rien,
Quoiqu'il lève les bras en inclinant la tête.
Est-ce un homme ? Mon Dieu, le sujet n'est que bête ;
Une femme ? cela devient plus sérieux,
Car on ne sait jamais ce que cachent ses yeux ;
Les timides, parfois, se réveillent diablesses,
Les plus pures vertus deviennent des drolesses,
Quand le jour monte enfin sous leur crâne obscurci.
Les pires ont été les meilleures ! Aussi
Lorsque Jeanne sera ma femme...

DORTAL.

Votre femme !
Ne croyez que de vous jamais elle s'enflamme !
C'est pour le mariage hélas également,
Qu'elle montre un farouche et sombre éloignement.

GEORGE.

Mon oncle pour le coup nous tombons au comique.

DORTAL.

Vous riez bien à tort.

GEORGE.

Etonnant ! Magnifique !
Oh ! mais décidément vous mettez en humeur,
Par votre beau récit, mes goûts de séducteur.

Aussi je me fais fort, pour vous être agréable,
De la guérir des saints, de la vierge et du diable.

DORTAL.

Ne vous faites, mon cher, de sotte illusion,
Car je verrai ce soir votre confusion.
Oui, j'ai tout essayé, tout, prière et menace,
Et n'ai jamais encor trouvé qu'un cœur de glace.
Et quel est, mon neveu, ce remède vanté ?

GEORGE.

Par un saint moine, il fut de la Chine importé ;
Une eau merveilleuse !

DORTAL.

Ah !

GEORGE.

Rien qu'une cuillerée
Par une main habile et ferme administrée,
Peut changer une femme et faire d'un glaçon
Du nord une tigresse au bout d'une leçon.

DORTAL.

Votre ton me rassure et cette tentavive
Vous pourrez l'essayer, mon cher, quoiqu'il arrive.
Mais avant tout cela, laissez-moi toutefois
Etre votre avocat une dernière fois.

J'emploirai de mon mieux tous les moyens pour vaincre
Sa sotte résistance et pouvoir la convaincre.

GEORGE.

Mais si vous échouez, il est bien arrêté
Que mon médicament est expérimenté.

DORTAL.

J'accorde.

GEORGE.

Quelque bruit que vous puissiez entendre,
Vous ne chercherez pas, mon oncle, à nous surprendre.
Voyons d'abord les lieux.

DORTAL.

Primo : chambre à coucher
De Jeanne. Un cabinet qui pourra vous cacher
Tout à l'heure.

GEORGE.

Parfait !

DORTAL.

Voici Jeanne qui rentre,
Vite, dérobez-vous. (*Il fait entrer George dans le cabinet*).
Mais cachez-vous donc, diantre !

GEORGE (*dans le cabinet*).

Bigre ! dépêchez-vous, car on y gèle ici.

SCÈNE II.

DORTAL. — JEANNE.

DORTAL.

Bonjour Jeanne. Si tard, d'où venez-vous ainsi ?

JEANNE.

Si tard ! Comment mon père ?

DORTAL.

Oui, quatre heures !

JEANNE.

A peine !

Je sors de la chapelle où de cette semaine
Je ne suis allée.

DORTAL.

Oh, mon Dieu, mais tous les jours
Vous sortez cependant.

JEANNE.

C'est pour prier.

DORTAL.

Toujours !

Que vous me désolez !

JEANNE.

M'en faites-vous un crime ?
Vous ne savez donc pas que la fièvre décime
Le pays ?

DORTAL.

J'ignorais complètement ce fait
Mais ne vois en tout cas qu'un rapport incomplet
Entre l'épidémie et puis votre chapelle.

JEANNE.

Hélas ! vous ignorez que la prière appelle
La clémence de Dieu. Pour conjurer le ciel
Nous illuminerons de la Vierge l'autel ;
Nous célébrons demain un grand anniversaire ;
On doit me recevoir membre du Saint-Rosaire
Ce mois.

DORTAL.

Assez ! Assez ! Tant de dévotion
Me fait prendre en horreur votre religion.

JEANNE.

Que dites-vous père ! Oh, que ce mot me blesse.

DORTAL.

Moi, je parle à ma fille et non à quelqu'abbesse.
Jeanne, écoutez enfin. Vous avez dix-huit ans,
Et pour vous marier, je trouve qu'il est temps.

JEANNE.

Me marier ! Pourquoi faire ?

GEORGE (*à part, dans le cabinet*).

Trop d'innocence !

DORTAL.

Pour avoir un mari.

JEANNE.

Je dois l'obéissance
A vous, mon père, ainsi que la soumission,
Mais veux suivre avant tout cette vocation...

DORTAL.

Quelle vocation ?

JEANNE (*continuant*).

Que le ciel m'a donnée.
Je veux me consacrer, non à quelqu'hyménée
Terrestre.....

GEORGE. (*à part*).

Quel jargon !

DORTAL.

Assez de ce sermon !
Vous aurez, ce soir, Jeanne, un mari.

JEANNE.

Pour moi ! non !

Et n'y comptez jamais, jamais ! car je déclare
Que je n'obéis pas à cette loi barbare.

DORTAL.

Alors vous vivrez seule ?

JEANNE.

Oui, je vivrai pour Dieu.

DORTAL.

Et que comptez-vous faire ?

JEANNE.

Aller en un saint lieu,
Où je prierai le ciel afin qu'il vous accorde
Le pardon éternel et sa miséricorde.

DORTAL (*furieux*).

Jeanne ! et moi je vous dis que vous vous marierez.

JEANNE.

Mon cœur est prêt à tout, aussi vous me tuerez
Plutôt !

DORTAL.

Ou prenez-vous toute cette homélie
Qui vous fera taxer par chacun de folie.
Est-ce donc là, grand Dieu, le bel enseignement
Qui vous est inculqué dans votre régiment ?

JEANNE.

On me crucifiera s'il le faut, mais mon père
Je resterai fidèle à la foi qui m'est chère.

DORTAL.

Qui vous dit d'abjurer ici n'importe quoi ?
Car tout en restant femme on peut garder sa foi.
De grâce, laissez-moi donc ces billevesées
Qui vous mettront en butte à toutes les risées.

JEANNE.

Qu'on se moque de moi, je ne changerai pas ;
Ma pensée est là-haut et non point ici-bas.

DORTAL.

Si jusqu'ici ton père employa la menace,
Dis, veux-tu maintenant qu'il te demande grâce.

JEANNE.

N'essayez pas ainsi me faire revenir
Sur le vœu de mon cœur ; rien ne me peut fléchir.

DORTAL.

Quoi ! plus rien ici-bas, rien que ton vœu farouche !
Pas une ombre à ton front, pas un cri sur ta bouche !
Dans ton cœur c'est la nuit ! Père, mère, amitié,
On a tout chassé, même, hélas ! ce mot : pitié !

Oh, tu ne sais donc point ce que l'âme d'un père
Dans l'âme de l'enfant bat, vit, souffre, aime, espère.
Tu l'ignores, ma fille, ô réponds, n'est-ce pas ?
Vois-tu, je te portais, petite, dans mes bras,
Quand ta mère mourut. Pauvre et chère colombe,
Ton aube fut sa nuit et ton berceau sa tombe.
Mais en toi je trouvai son portrait radieux,
Son regard si profond est resté dans tes yeux,
Et quand tu gazouillais étonnée en ton lange,
Ta bouche avait déjà son beau sourire d'ange.
Ton visage avait pris sa grâce et sa bonté ;
La tombe ne m'avait du moins tout emporté !
Et Jeanne, quand j'entends ta voix douce et sonore,
Il me semble écouter parler la morte encore !
Joyeuse tu grandis ; guidant tes premiers pas,
Je me fis ton esclave et ton ombre ici-bas.
A dix ans tu faisais l'étonnement du monde ;
Tu courais dans les champs : ta chevelure blonde,
Jeanne, rendait jaloux les fleurs et les épis,
Ta voix semblait sortir du fond des petits nids ;
Chassant des papillons la troupe ensoleillée,
Tu remplissais de cris la plaine émerveillée.
Tu courais, tu riais, et, par là, par ici,
De loin je te suivais des yeux, — du cœur aussi.
Oubliant et travaux, fatigue, lassitude,
Chaque soir en rentrant, paternelle habitude,
Furtif, je me glissais près du frêle berceau
Ou tu te blotissais comme un petit oiseau.
Puis, écartant ton lange, à ta lèvre innocente,
En tremblant, je tendais ma bouche frémissante,
Et chassant du linceul le triste souvenir

Je laissai le passé, car j'avais l'avenir.
Ah que pouvaient, dès lors, sur mon cœur la souffrance !
Je voyais sur ton front se lever l'espérance !
Et ce serait en vain que j'aurais travaillé
Quarante ans, que j'aurais marché, sué, veillé,
Si, — bonheurs entrevus, espoirs que l'on achève, —
Si tout cela devait s'envoler comme un rêve !
De ton père à genoux vois la douleur, entends !
Au nom de ta jeunesse et par mes soixante ans,
Par ta mère, et par moi que ton vœu désespère,
Par ton passé d'enfant, Jeanne, écoute ton père !

JEANNE.

J'écoute avec respect, mais ne vois que le ciel,
La douleur finira, Dieu seul est éternel,
Mon père !

GEORGE (*à part*).

Ainsi soit-il !

DORTAL.

Et pas un mot de plainte !
Eh bien, alors adieu. Vous êtes une sainte
Qui tuerez votre père et perdrez la raison. (*Il sort*).

JEANNE (*seule*).

Oh ! cinq heures ! allons finir mon oraison.

SCÈNE III.

JEANNE. — GEORGE (*dans le fond de la scène*).

(*Pendant cette scène, Dortal rentre sans être vu et se glisse dans le cabinet*).

GEORGE (*à part*).

Pas commode du tout ma petite cousine
Avec son air pincé de jeune sacristine.
Ah ! fichtre ! Un vrai dragon.
(*Il tousse.*) Hum !... elle n'entend pas...
Mais jolie en démon et ma foi des appas
A vous damner un saint... jusque dans l'autre monde ;
(*Il s'approche peu à peu*).
Voyons, faisons du bruit.
(*l'examinant.*) Une épaule bien ronde...
Le diable soit de moi si dans mes garnisons
J'ai jamais rencontré deux yeux plus polissons !
(*L'examinant de plus près*).
Des seins dont le creux forme une niche superbe
Qui vous ferait pâmer l'amant le plus imberbe.

JEANNE (*à part, apercevant George*)

O ciel ! mon cousin George ! (*Haut*) Oraison trente-six !

GEORGE (*à part*).

Fraîche comme l'aurore et blanche comme un lys.

JEANNE (*à part*).

Est-il devenu grand ?

GEORGE (*id.*)

Je crois qu'elle se cache !

JEANNE (*id.*)

Comme on vous change un homme avec une moustache !
(*Haut*) Psaume dix-sept.

GEORGE (*id.*)

Cela devient fastidieux.

JEANNE (*id.*)

Je crois qu'il me surveille.

GEORGE (*id.*)

Oui, voici deux grands yeux
Pour qui le cloître aura vraiment bien peu de charme.

JEANNE (*id.*)

Il craint me déranger.

GEORGE (*id.*)

Essayons du vacarme !
(*Il remue les chaises*).

JEANNE (*Haut*).

Dix-huitième verset, évangile du jour.

GEORGE (*à part*).

C'est trop fort à la fin. Hum ! Hum !

JEANNE (*id*).

Il tourne autour
De moi, mais sans oser... Oh, comme il me regarde !

GEORGE (*id.*)

Le diable soit des saints du jour. Je me hasarde.
Hum ! (*s'approchant*). (*Haut*) Ma cousine !

JEANNE (*jouant l'étonnée*).

(*Haut*) On parle ! Ah, c'est vous mon cousin,
Vous m'avez effrayée.

GEORGE (*à part*).

O quel air assassin !

JEANNE (*Haut*).

Vous ne nous prévenez pas de votre visite.

GEORGE.

Voici certes un bon moment que je m'agite
Pour me faire écouter. Mais vous lisiez, je crois.

JEANNE (*reprenant son livre*).

Oui, j'en était restée au chemin de la croix,
Et vais, si vous voulez, achever ma lecture.

GEORGE (*ironique*).

Tous les goûts sont permis étant dans la nature ;
Mais continuez donc.
(*Il s'assied près d'elle.*) Bigre décidément
Je n'ai jamais plongé dans un cou plus charmant !
(*Haut, et s'arrêtant parfois, attendant une réponse*).
Jeanne savez-vous bien que voici cinq années
Qu'on ne s'est pas revu. Que d'heures fortunées
Ou lugubres ! Cinq ans faits de rires, de pleurs !
Que de larmes peut-être, hélas, pour quelques fleurs !
Vous étiez bien petite alors. Si je l'oublie
C'est que je vous retrouve aujourd'hui si jolie !
Que vous étiez espiègle et mutine au berceau !
L'enfant montrait déjà les ailes de l'oiseau.
Qu'il est loin ce beau temps ! Vous en souvenez-vous ?
Jeanne je vous berçais parfois sur mes genoux ;
N'avais-je pas dix ans ? Puis, ce fut le collège,
Les études, l'école et l'horrible cortège
De livres, de pensums, de maîtres, de pédants,
Qui vous gonflent l'esprit de grands mots redondants.
On se vit rarement. J'allai de ville en ville
Menant, en temps de paix, l'existence facile
Des clubs et des cafés. Puis la guerre soudain
Eclate. Hélas, ce fut le froid, la soif, la faim,
(*S'animant*). Le sol nu pour dormir, un roc pour oreiller,

La nuit ! des coups de feu nous venaient réveiller ;
Embûches, guet-apens, pièges, marches, alertes ;
Le jour, pour horizon, des campagnes désertes.

JEANNE (*à part*).

Mon Dieu qu'il semble ému !

GEORGE.

Puis vint le noir exil ;
Mais j'ai bravé la mort et nargué le péril,
Restant calme devant la défaite sanglante.

JEANNE (*à part*).

Je ne lui connaissais pas cette voix brûlante !

GEORGE.

Car, quelle que fut l'heure et quel que fut le jour,
Dans le repos forcé des casernes, autour
Des bivouacs allumés, au plus fort des mêlées,
Quand les bombes traçaient leurs lignes ondulées,
Que les hommes tombaient, serrés, héros obscurs,
Fauchés par le canon comme des épis mûrs,
Et quand tout s'engloutit dans la déroute sombre,
Dans le calme des nuits que venait, seul dans l'ombre,
Troubler le pas pesant d'un soldat ennemi,
Alors, Jeanne, fermant ma paupière à demi,
Alors se dessinait dans la brume du rêve,
Les mains jointes, un ange à genoux sur la grève,
Et voyant votre front je me disais en moi :

George, écoute là-bas quelqu'un prier pour toi.
(*Un silence*). Me serais-je trompé ?

JEANNE (*levant la tête*).

Tiens ! vous étiez encore
Là. Je vous croyais loin.

GEORGE.

Non ! mais je le déplore.
Oh, n'interrompez pas le récit attachant
Du chemin de la croix, ce doit être touchant !

JEANNE (*à part*).

Il me parait froissé !

GEORGE.

Finissez, car je doute
Que vous soyez au bout de votre grande route.

JEANNE.

George, vous me parliez ?

GEORGE (*indifférent et lisant le journal*).

Je lisais mon journal.
(*Il lit*). On nous télégraphie aujourd'hui d'Epinal...
Tiens un assassinat !

DORTAL (*avançant la tête hors du cabinet*).

(*A part*). Ah ! Que devient l'affaire ?

Je crois qu'elle va mal ! Il aura fort à faire,
— Et malgré la vertu constante de son eau, —
S'il veut voir pénétrer le jour dans ce cerveau.
Assistons à la fin.

GEORGE (*à part*).

Elle est ensorcelée.
Par quelque sot abbé, bête... ou dissimulée.

JEANNE (*continuant à tenir son livre*).

(*A part*). Il ne me parle plus !

GEORGE (*à part*).

Quel bel échantillon
D'un être fourvoyé dans la dévotion !
A-t-elle mal compris ? N'est-elle que railleuse ?
Essayons d'une langue un peu moins nébuleuse.
(*Haut*). Jeanne ! avez-vous gardé fidèle souvenir
De nos rires d'enfant, beaux projets d'avenir,
Et vous rappelez-vous, que nous nous traitions, dame
Moi, de petit mari, vous, de petite femme ?
On s'essayait déjà tout en jasant, courant,
Comme on s'embrasserait lorsque l'on serait grand.
En revenant ici, mon unique pensée
Fut de trouver en vous, Jeanne, une fiancée.

JEANNE (*à part*).

Ah, laissons-le venir.

GEORGE (*à part*).

C'est trop fort, pas un mot !
Vous me prendrez, ma chère, à la fin pour un sot,
Et foi de lieutenant, palsambleu, je commence
A m'impatienter de cet air d'innocence.
(*Haut*). Avez-vous remarqué que dans l'ombre vos yeux
Brillent comme un saphir, et qu'il vaudrait bien mieux
Ne pas tant les cacher ? Que jamais femme, au monde,
N'eut avec plus beau front taille plus svelte et ronde.

JEANNE (*à part*).

Comme il voit tout pourtant.

GEORGE.

Qu'il faudrait voyager
Loin, avant de trouver sur un cou plus léger
Un charme plus rêveur. Qu'une jambe bien faite
Rend une femme... (*à part*) Allons ! elle n'est pas coquette.

JEANNE (*à part*).

Il s'arrête ! Pourquoi ?

GEORGE (*à part*).

Bon ! je crois qu'elle a ri.
Finissons-en. (*Il se lève*). (*Haut et brusque*).
Veux-tu de moi pour ton mari ?

JEANNE (*se levant*).

Ah, qu'est-ce qui vous prend ?

GEORGE.

Sacrebleu, la colère !
Réponds-donc !

JEANNE (*les yeux baissés*).

Nous verrons, plus tard.

GEORGE.

Tout beau ma chère
Et gentille cousine. Et maintenant, dis-moi,
Qu'est devenu l'enfant que j'ai vu ? Qui de toi
A fait ce corps sans âme ou cette âme sans vie ?
Ta grâce si charmante, ô qui donc l'a ravie ?
Implorant tour-à-tour et la femme et l'enfant,
Je n'ai jamais trouvé qu'un cœur qui se défend
De battre et de sentir. Pendant que dans ma fièvre
Je cherchais sur ton front une place à ma lèvre,
Que je te murmurais tout ce qu'en ce moment
Un homme peut trouver de bon, de beau, d'aimant,
Et que je te parlais de toute la tendresse
De mon cœur de vingt ans tout plein de ton ivresse,
Que je cherchais les mots les plus profonds et doux,
Pour te les soupirer tremblant à tes genoux,
— N'est-ce pas que cela vous révolte et vous navre, —
Qu'as-tu répondu ? Rien ! Rien ! Ah quel beau cadavre
Ils ont fait là de toi.

JEANNE (*à part*).

Qu'il est superbe ainsi !
(*Haut*). Nous verrons.

GEORGE.

Nous verrons ? C'est à cette heure, ici,
Qu'il vous faut prononcer ; ma belle mijaurée
Votre sotte leçon est bien mal préparée.

DORTAL (*dans le cabinet*).

(*A part*). Diable cela se gâte !

GEORGE.

Ah, vous pouvez ruser,
Mais tout votre talent ne me peut abuser.
(*Il fait mine de partir*).

JEANNE (*à part*).

Mon Dieu, mais que fait-il ? Il s'en va ?

GEORGE (*qui s'est retourné*).

(*A part*). Qu'elle est belle
Quand même. Elle l'aura voulu, tant pis pour elle !
(*Il s'approche par derrière et l'embrasse*).

JEANNE.

Ah ! comment vous osez sans honte m'embrasser ?
C'est indigne cela !

GEORGE (*fredonnant*).

Je vais recommencer.

JEANNE.

Ciel ! J'appelle au secours. Finissez ! je vous prie !
George, je vais crier.

GEORGE (*qui l'embrasse toujours*)

Mais à ton aise, crie !
Allons donc. Vite. Eh bien ?

JEANNE.

Non ! je ne crierai pas,
Mais êtes vous un lâche !

GEORGE (*la serrant*).

Ah, je suis un...

JEANNE.

Mon bras !
George, qu'avez-vous donc ?

GEORGE.

Rien !

JEANNE.

Vous êtes tout blême !

GEORGE (*la prenant dans ses bras*).

Ah ! tu veux le savoir ! Eh bien, Jeanne je t'aime !
Entends-tu ? je suis fou ! fou de toi, de tes yeux,
J'ai l'enfer dans le cœur...

DORTAL (*à part*).

Diable c'est sérieux !

GEORGE.

Oui, regarde-moi bien, je suis fou, je suis ivre,
Ta prunelle m'égare et ton souffle m'enivre.

JEANNE.

Cessez, George, cessez !

GEORGE (*l'entraînant*).

Mon sein épouvanté
Dans ton regard brûlant a bu la volupté !
Laisse-moi t'appeler mon amante et ma femme,
Et toi ! dans un seul mot, mets un peu de ton âme !

JEANNE (*d'une voix faible*).

Que voulez-vous ?

GEORGE.

T'aimer !...

JEANNE.

Ayez pitié de moi !
George !

GEORGE.

Et pour l'existence, à jamais, être à toi !...

JEANNE.

Je suffoque, un instant.

GEORGE.

Et, Jeanne sur ta bouche
Prendre ton cœur entier dans un baiser farouche !
(*Il l'entraîne dans la chambre à coucher*).

SCÈNE IV.

DORTAL (*sortant du cabinet*).

Pour le coup, cela marche ! Ah, ma fille, tout beau,
On s'est laissé guérir pourtant avec de l'eau !
L'affaire d'un clin d'œil et puis... l'on en est quitte.
Mon coquin de neveu, je vous en félicite.
Ah, j'ai beau me vanter d'être un père éloquent,
Je n'ai jamais atteint à ce ton... convaincant.
Je comptais sur un siège, une chaude défense
Au moins ! Je n'ai trouvé que peu de résistance.
Ah, d'un pilier d'église et de religion,

Certes, j'attendais mieux qu'une soumission !
Après cela, croyez aux saintes... qu'on enlève.

SCÈNE V.

DORTAL. — GEORGE et JEANNE (*entrant*).

JEANNE (*n'apercevant pas son père*).

Ah !!!

GEORGE.

Jeanne ?

JEANNE.

Ah !!! mais dis-moi, dis, n'est-ce pas un rêve ?

GEORGE.

Mais un rêve charmant.

JEANNE.

Ah !!!

GEORGE.

Recommence-t-on
Ses méchancetés ?

JEANNE.

Ah !!! je demande pardon.

GEORGE.

Petite sotte, va !

JEANNE.

Je t'aime !

GEORGE.

Enfin !

JEANNE (*apercevant son père*).

Mon père,
J'en tremble !

DORTAL (*à George*).

Bravo, George ! Eh, ma fille, j'espère
Que vous voilà guérie.

GEORGE.

A propos, j'ai l'honneur
De vous dire que Jeanne accepte avec…

JEANNE.

Bonheur,
Ah !!!

GEORGE.

C'est vrai ?

JEANNE.

Tu le sais, George.

GEORGE.

D'être ma femme.

DORTAL.

Jeanne, y consentez-vous ?

JEANNE.

Ah !!! mieux, je le réclame.

DORTAL.

Comme on revient pourtant de la dévotion !

GEORGE

A la moindre rechute...

DORTAL.

On prend la potion,
Crac ! une cuillerée...

GEORGE (*regardant Jeanne*).

Ou deux !

JEANNE.

Oh !!!

DORTAL.

A merveille,
Mon gendre, seulement ménagez la bouteille.

TABLE

Impie J. BRUNARD, Troyes, rue Urbain IV, 85.

REDUCTION 19X

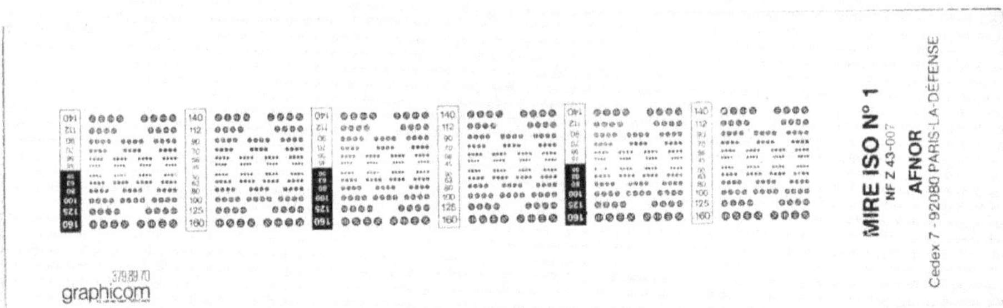

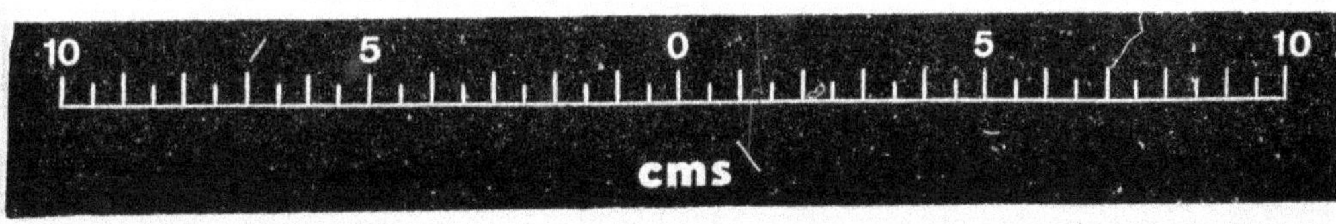

GROUPE BRUNET

ARCHIVISTIQUE INTERNATIONALE

Membre du Conseil International des Archives

LE TAILLAN-MEDOC

NOVEMBRE 1991

www.ingramcontent.com/pod-product-compliance
Ingram Content Group UK Ltd.
Pitfield, Milton Keynes, MK11 3LW, UK
UKHW031909260826
14628UKWH00003B/1086

9 782329 272627